Varianti

Hans Tuzzi

Ma cos'è questo nulla?

Romanzo

Bollati Boringhieri

Prima edizione febbraio 2022

Torino, corso Vittorio Emanuele II, 86
Gruppo editoriale Mauri Spagnol
ISBN 978-88-339-3813-4

www.bollatiboringhieri.it

Stampato in Italia dalla Rotolito S.p.A., Seggiano di Pioltello (Mi)

Anno				Edizione						
2025	2024	2023	2022	1	2	3	4	5	6	7

Ma cos'è questo nulla?

E se l'ultima fosse delle notti
questa, sul mondo?

Benché nutrito della cronaca italiana di quegli anni, questo è un romanzo, un'opera di fantasia. Riferimenti a persone esistenti o a fatti realmente accaduti sono perciò casuali e, soprattutto, fuorvianti, perché estranei allo spirito e al senso della vicenda narrata.

Roma, Ippodromo delle Capannelle
domenica 15 maggio 1994

Il Soratte senza neve, a settentrione. Nel giorno che per i cristiani celebra l'ultimo episodio della vita terrena dell'Unigenito, nell'ippodromo della Città Eterna, sul prato morbido e caldo, il maggio romano faceva le fusa strusciandosi alle gambe di seta delle belle eleganti. Le autorità affluivano fra agenti di scorta in borghese, non con la grazia consumata dei potenti da generazioni ma senza eccessiva ineleganza.

I purosangue – nevrili fianchi lucenti, e uno solo dopo la corsa sarebbe stato premiato se non dal presidente della Repubblica in persona, quantomeno da un suo avatar – erano portati in tondo, alla briglia, in attesa di venire montati.

Dame aggraziate e bellissime femmine fingevano di ammirarli, pensando ad altro.

I politici presenti non fingevano nemmeno.

Uomini dai volti floridi e imperiosi stretti nei mezzi tight, il mezzo cilindro grigio in capo, scambiavano mezze parole con allenatori corpulenti e fantini leggeri nelle giubbe variopinte come allegre mongolfiere.

Le nuvole correvano lievi nel bel cielo romano.

Il palco delle massime autorità era gremito.

L'Italia fingeva di essere un paese civile.

In un angolo appartato, il potente industriale fissò negli occhi il ministro.

«Caro amico, ieri a Palermo ho scattato questa foto» e gli porse un rettangolo di carta. Il ministro, perplesso, lo prese e vide.

Sacchi di netturbe davanti a un portone, e un cartello sopra.

Figghi di bottana cu mugghieri bottana chi jittano la spazzatura recitava il cartello attaccato con il nastro adesivo.

«Pensate davvero di buttarci addosso la spazzatura, a me e a mio nipote?» proseguì con voce bassa e gelida il potente industriale. «Volete salvarlo, sì, questo governo, o invece pensate di far *bannera ri cannavazzu*, che tanto *pi oggi spennu e spannu, cu' campa paga lu dannu*?»

«Ma no, caro Antonino, che dice? Anche lei sa bene come il mio partito sia la sola forza di coesione tra voi amici meridionali e i gruppi separatis...»

«Ma *chi nicchi e nacchi ci trasi chiddu chi stai dicennu*?» Il tono, affabile, fece rabbrividire l'uomo politico. «Un giorno di quarant'anni fa, ero *picciriddu*, mio nonno, atterrato in elicottero nel parco della villa, mi accarezzò la testa e mi disse: Ninnuzzu - così mi chiamava, pace all'anima sua, Ninnuzzu -, dopo i primi dieci miliardi i soldi non ti interessano più, ti interessa il potere. Aveva ragione, come sempre. E lei, caro amico, lei vuole davvero andare a vedere chi di noi due ha più potere? Io, tanto vale lo sappia subito: io».

Milano, lunedì 7 novembre 1994

La pioggia, appena un sospetto, batteva ai finestrini dell'auto, anonima ma con due carabinieri in borghese seduti davanti. La pioggia. Del resto, Milano è Milano si disse Sua Eccellenza, pensando a quella carrozzella, a Roma, soltanto poche ore prima, con padre e madre estasiati, e il figlio che se ne vergognava. Roma, dove in quei giorni passeggiavi ancora senza impermeabile, quando passeggiavi. E dove le carrozzelle a cavallo si chiamavano botticelle. Dal fondo della memoria affiorò la vecchia canzone di Yves Montand:

Et la nuit s'en vont très lentement
un cocher de fiacre et sa jumente...

Il carabiniere alla guida, senza voltarsi: «Dove andiamo, Eccellenza?» chiese.

Sebbene a rigore di cerimoniale tale titolo non gli spettasse, l'ex questore, assurto fra i consiglieri più ascoltati nel manipolo di eminenze grigie del palazzo guardato dai Dioscuri, lasciava correre: da una dozzina d'anni a Roma e per gli apparati statali era Sua Eccellenza.

«Ferma qui» disse accennando all'angolo del vasto piazzale dove era stato impiccato il cadavere di Mussolini. «Ci vedremo all'incrocio fra via Londonio e via Moscati, alle quattro in punto» ordinò, e li lasciò, perplessi e contrariati, per calarsi nelle viscere della stazione di metropolitana, là dove la Linea uno, la rossa, incrocia la Linea due, la verde. Scese sottoterra, con le precauzioni dovute alla fragile età veneranda delle sue ossa.

Folla frettolosa, volti spenti, mancanza di educazione e di attenzione, individui mal vestiti, afrore e puzzo stagnante. Giovani, vecchi, poveri, pendolari. Donne tristi, stanche, informi. E molti di quegli stranieri venuti dai Balcani e dal Terzo Mondo che un neologismo idiota definiva extracomunitari. Ma extracomunitari, si disse Sua Eccellenza, a rigore di logica sarebbero anche svizzeri e yankees. Eppure, chi mai penserebbe a un cittadino dell'impero Stars&Stripes come a un extracomunitario? San Babila. Il suono malinconico di una fisarmonica intonò *Besame mucho*. L'uomo, corpulento, occhi neri, suonava con la stessa stracca indifferenza di certi orchestrali di teatro lirico. Si mise la mano in tasca, quasi senza accorgersene, cercando una moneta: a Melis, pensò, sarebbe piaciuto. E sulla scala mobile, ecco, con un soprassalto improvviso: «Che cosa resta, all'uomo?» si chiese. E ricordò: quello, sì, era il titolo scelto da Dumas per l'ultimo capitolo del *Visconte di Bragelonne*, la fine dell'epopea. Recitò le parole immortali: «L'onore, la forza e il coraggio erano morti. Solo l'astuzia era sopravvissuta». Dio mio, si disse, non ti commuoverai, alla tua età?! Sbucò alla luce. Eccoli, i taxi. Dal cielo, svogliata, incerta, qualche goccia di pioggia.

Et la pluie arrose très doucement
un cocher de fiacre et sa jumente...

Si eresse in tutto il suo metro e sessantacinque di statura, sistemò la lobbia e poi, scacciato qualcosa di invisibile con un movimento del capo, si diresse verso l'auto in testa alla fila.

«Corso Sempione angolo via Moscati» ordinò. Meglio non esser precisi al metro. Meglio non lasciar tracce.

A tender l'orecchio, dall'uscio chiuso filtrava il vellutato di Nat King Cole. Suonò il campanello.

«Lei!» esclamò l'uomo che dopo pochi secondi aprì senza controllare dallo spioncino. Aveva cinquant'anni, ben portati come spesso capita alle persone di statura inferiore alla media: nel caso, due centimetri sopra il metro e settanta. Sempre quella barba corta e curata, ora striata di grigio. Sempre quegli occhi stretti da gente di mare. Sempre una misurata eleganza, pantaloni di velluto polo e mocassini.

«Sì, io. E come può immaginare non per rivangare i vecchi tempi. Mi chiude la porta in faccia?»

«A lei? Quando mai. Tutt'al più le dico di no, perché lei è qui per chiedere, vero? Le dico di no, ma non senza prima averle offerto qualcosa». Fece strada. Non era che un bilocale, ma ampio e arredato con gusto. Sua Eccellenza intravide una cucina dai colori solari.

«Si accomodi» disse l'uomo barbuto indicando due poltrone. Poi, mentre armeggiava nel mobile bar: «Ha sempre la villa in Costiera?»

«Sì, con mia moglie ci trascorro otto mesi l'anno, al netto di qualche corsa a Roma». Osservò l'altro maneggiare le bottiglie: «Complimenti» disse prendendo il bicchiere, «si ricorda: whisky con acqua a parte».

«Ho ancora una buona memoria, sì. Ma non ho più intenzione di fare il poliziotto» replicò l'altro.

«Via, Melis, non prenda le cose di petto. Non mi ha fatto parlare». Sua Eccellenza levò la mano. Un fantasma, un indicibile vuoto gravava su quella conversazione. «Sa, Melis, mi dispiace ma ero a Londra con l'inquilino del Colle quando... avrei tanto voluto essere presente».

«Era presente sua moglie, è stato un pensiero che ho molto apprezzato, sa? E poi lei mi ha scritto». Lasciò che qualche secondo di silenzio gocciasse lento: «Non la facevo così poco a disagio con la morte» concluse con una sfumatura d'amara ironia.

«Infatti, non lo sono. Ma lei è sempre stato, per me, un collaboratore speciale».

«Per questo è qui?»

E con quella brusca domanda Melis archiviò in un colpo ogni ricordo: la breve devastante agonia di Fiorenza, la morte, il dopo.

Sua Eccellenza colse e rispettò quella volontà. Aveva pensato a lui per tante ragioni, ma non poteva certo rivelargli che una di queste era che, morta Fiorenza, Melis doveva provare quella che Canetti chiama la colpa di sopravvivere, e dunque, come dice Kafka, egli vedeva diversamente e più degli altri, dato che era un sopravvissuto, cioè, a rigore, un morto in vita.

«Melis! Ho quasi novant'anni e mi fanno ancora trottare come un ronzino alla botticella! Il dramma di questo Paese è che i giovani, se fanno, non sanno far altro che disastri!»

«Come disse quel feroce conservatore che fu Franz-Josef Strauss, ma avrebbe potuto dirlo quel feroce conservatore che fu Charles De Gaulle, ancor più lapidario e tagliente, o il più feroce e tagliente di tutti, Winston Churchill: i dieci comandamenti contengono 279 parole, la Dichiarazione americana d'Indipendenza 300 e le disposizioni della Comunità Europea sull'importazione di caramelle esattamente 25911. Davvero fu questo il sogno dei padri fondatori, una lobby di privilegi e guarentigie? Del resto, viviamo in una società così stolta che per compiere un atto politicamente corretto rinuncia a un atto d'amore».

Sua Eccellenza lo fissò negli occhi. «Perché ha scelto il prepensionamento?»

Già, perché?

Nel 1990 Kim, ormai nonagenario all'anagrafe umana. Nel 1991 Fiorenza: un tumore in tre mesi l'aveva uccisa.

L'aveva uccisa.

Tre anni prima. Un glioblastoma multiforme: una rapida fine insultata dalla buona volontà di cure mediche statisticamente prive di speranza. Una sera, rassegnata ma serena, in ospedale gli aveva mormorato: «La malattia è un posto dove nessuno ti può accompagnare». Quella notte era morta. Meglio forse morire come sua sorella Germana, l'anno dopo, sotto i cieli africani, per una leucemia acuta promielocitica: diagnosticata in ritardo, avendo già colpito cervello polmoni e intestino, morire, lei medico, sotto un cielo di stelle, morire per emorragia cerebrale? Forse sì: Germana, rifiutato il ricovero in città, era morta nella *brousse* guardando i nodi delle galassie, lassù, nel cielo dell'Africa. Fiorenza era morta in una stanza d'ospedale a Milano guardando... cosa? Dentro sé stessa, forse, con un muro nudo davanti.

Quand'anche l'Italia fosse stata migliore, lui aveva deciso: appena raggiunti i contributi minimi di legge, avrebbe rassegnato le dimissioni, non senza prima aver concordato con i colleghi di sua sorella Germana le forme e i modi del proprio impegno alcuni mesi l'anno presso un ospedale africano. Poi, in quel 1994, la tracotante protervia di un governo di satrapi nei confronti degli apparati di Stato, aveva accelerato i tempi della decisione.

Si strappò al ricordo. Sua Eccellenza attendeva paziente.

«E me lo chiede? Quando un governo di ministri indagati per ogni possibile crimine, collusione mafiosa compreso, sputtana il Capo della Polizia perché costui si rifiuta ai loro sporchi giochi...»

La vecchia volpe sembrò compiaciuta per quella risposta.

«Bene, va bene. E allora, le piacerebbe fare lo Smiley della situazione?» Lasciò che l'altro inarcasse il sopracciglio e riprese: «Questo governo ha il fiato corto e cadrà, Melis, cadrà a breve. Per aiutarlo a cadere abbiamo adesso anche una bella stella di Natale». Lasciò che una evidente curiosità affiorasse sul volto del già primo dirigente della Polizia di Stato, poi: «Ha presente, forse, la morte accidentale di una giovane, a Roma, due settimane fa, nel corso di un gioco di bondage al quale, peraltro, la poveretta partecipò consenziente? Un incidente. Il giovane professionista coinvolto, un ingegnere romano, non voleva uccidere. Ma non è questo il punto. Il punto, ecco, è che a Roma esistono scuole di bondage e i giornalisti hanno intervistato il proprietario di quella frequentata dall'ingegnere». Fissò Melis, con un retrogusto di malizia nello sguardo: «E l'esperto insegnante ha detto, fra le altre cose, che la sua scuola è frequentata da noti professionisti e da politici. Come ad esempio – e cito fra virgolette – il giovane segretario di un importante partito».

Negli occhi di Melis guizzò una fiamma.

«Eh, già» annuì il vecchio, «l'unico segretario politico giovane oggi in Italia è l'onorevole Federico Blasco, nipote fra l'altro dell'industriale siciliano Antonino Blunda, che possiede uno dei più grandi gruppi alimentari italiani».

«Ma il partito di Blasco non arriva al 3 percento dei voti!»

«Sì, ma all'interno della coalizione governativa. E ora che il Partito del Nord è lì lì per mollare, se lo immagina uno scandaletto sessuale legato al segretario di un partito radicato al Sud? Un partito piccolo ma indispensabile alla maggioranza di governo. Proprio la spintarella che ci vuole».

«E io dovrei...? Se lo sogna! Li disprezzo ma se lo sogna».

L'altro levò la destra scuotendo appena il capo. «No, no. Non le chiedo questo. Abbiamo pensato a lei per un'altra faccenda».

Melis prese a caricare la pipa, una vecchia Dunhill Bruyere.

Sua Eccellenza riprese, con la voce di chi racconti una storia di spettri.

«A Brassanigo, capoluogo di provincia nella Marca Orientale, la mattina di giovedì 6 febbraio 1986, in un appartamento al terzo e ultimo piano di un'elegante palazzina in centro viene scoperto il cadavere di Mariastella Biason, diciannove anni, originaria d'un borgo montano della provincia veneta. La Biason era babysitter presso la famiglia Dorigo: l'ingegner Fausto, sua moglie Elisa Scarabello, professoressa al liceo locale, e il piccolo Claudio. All'epoca il bambino non aveva ancora due anni. Il cadavere della ragazza fu rinvenuto su uno dei due divani del salotto. Quasi completamente nudo. Secondo i rilievi dell'autopsia, Mariastella Biason presentava evidenti segni di strangolamento: potrà leggere in dettaglio nella documentazione. A scoprire l'assassinio furono i Vigili del Fuoco chiamati dalla Scarabello, che sentiva piangere il figlio di là della porta chiusa a chiave. Chiusa a chiave dall'interno». Finì il whisky, fissò Melis: «Il caso non fu mai risolto».

«E come può, questo caso irrisolto, interessare una crisi di governo?»

«Ha mai sentito parlare di Filippo Artuso?»

Rispondere con una domanda era una specialità in cui Sua Eccellenza eccelleva.

«Sì, un giovane economista noto a livello internazionale, vicino al principale partito d'opposizione».

«Appunto: il candidato ideale al ruolo di ministro. Ma...» e lo fissò con intenzione.

«L'ombra del passato?»

«Appunto. Fu tra gli indagati e ne uscì senza nessuna macchia. Ma, come dice lei, resta l'ombra».

«Aspetti! Se ho capito bene, lei vuole che io, dopo otto anni e senza nessuna autorità...»

Sua Eccellenza mosse la testa in un sì. «Esatto, vogliamo questo. Poiché il colpevole non si è mai trovato, i giornali del cavalier Papunà stan già iniziando a montare la sordida, prevedibile campagna diffamatoria. Vogliamo che lei trovi il colpevole. Vogliamo che lei trovi quel vigliacco assassino. E in fretta».

Sua Eccellenza era uomo di potere, ma uomo. Melis conservava ancora il bigliettino trovato sulla scrivania quindici anni prima: *Bentornato. Sono al funerale della mitica suocera del sindaco. A più tardi.* Righe che un carrierante arrivista non avrebbe mai potuto scrivere.

«Sia franco, qui, faccia a faccia: lei vuole l'assassino o vuole solo scagionare Artuso?»

«Mettiamola così, Melis: noi siamo certi dell'innocenza di Artuso, lo abbiamo torchiato a dovere. E perciò trovare l'assassino equivale a scagionare lui. Lei dovrà indagare sotto copertura per...»

«Ma certo» sbuffò Melis. «A chi non capita di dover pescare una carpa di verità con un'esca di menzogna?»

«Speravo mi giudicasse migliore di Polonio» sogghignò l'ex questore. «Come vede, ho fatto anch'io le mie letture» aggiunse con sobria ironia.

Sotto quell'apparenza di affabile e divertito distacco dalle cose Sua Eccellenza celava un cuore, sì, ma di marmo. Marmo rosso sangue, certo, ma pur sempre marmo. Del resto, non era stato quel compiaciuto vecchietto a dirgli, tanti anni prima, che l'intelligenza senza ironia è come un re privo di unzione, un tiranno? E che l'ironia è propria delle democrazie, estranea alle dittature? E lui, l'ex questore, tiranno non era, era un sovrano illuminato che con grazia lo aveva chiuso all'angolo.

Perché, sì, quella proposta gli piaceva, e molto. Da mesi si sentiva inutile. E ora... Un'indagine: non un'inchiesta ufficiale con un ruolo ufficiale. Un'indagine per una causa condivisibile, condotta da un punto di vista per lui nuovo, quello dell'investigatore privato.

«Lei non riuscirà mai a convincermi a occuparmi di questa storia». Posò il bicchiere. «Ma me ne occuperò lo stesso».

Sua Eccellenza reagì come se si fosse aspettato esattamente quello.

«Lei sarà il mio unico referente?»

«Io e lei, Melis, non ci siamo mai parlati. Le ripeto, mai parlati: lei è solo, e dovrà procedere come un privato cittadino. Visto che ama il jazz, *in a silent way*».

«E i contatti?»

«Non ci saranno. Spedirà quel che ha da dire a un indirizzo che le darò».

Melis raccolse le mani a punta in verticale con il naso.

«Potrei farmi passare per un giornalista freelance che intende scrivere un libro sulla faccenda. In un paese dove pochi leggono, tutti sono felici di parlare, se il loro nome finisce in un libro».

«Benissimo, mi sembra un'idea eccellente: domani riceverà una busta con tutti i verbali dell'epoca, e gli articoli dei quotidiani che seguirono il caso. Nella busta troverà anche le chiavi di un'auto e l'indirizzo del garage presso il quale è parcheggiata. E cinque milioni di lire in contanti per le prime spese. Ma al garage non dovrà pagare nulla, signor... Già, come vuole chiamarsi per condurre questa indagine nell'anonimato?»

«Tutte le mie camicie hanno il monogramma NM».

«Nicola?»

«No, è un nome che detesto» borbottò. «Nevio? Pretenzioso, e poi avevo un pessimo ispettore con quel nome. No, Nevio no. Nearco? Incredibile. Nunzio? Neri? Neri Morello? Suona falso come le promesse di questo governo». S'illuminò: «Nereo? Un santo medico eunuco; e poi quell'allenatore del Milan, Rocco, era simpatico. Nereo Mani?»

«Orribile e poco credibile».

«Cognome lombardoveneto, breve, comodo per firmare. Nereo Mani. Venduto?».

«Venduto» accettò Sua Eccellenza. Poi, sbrigato quell'*affaire négligeable* del nome: «Fra due giorni riceverà una seconda busta con un telefonino vergine e patente, tessera dell'Ordine dei Giornalisti pubblicisti, carta d'identità e un libretto di assegni per un conto che le apriremo presso una banca. Non crediamo sia necessario un passaporto, è un'indagine locale. Lei figurerà essere un giornalista freelance che intende scrivere un libro sulla faccenda, d'accordo. Perciò le farò avere nomi e recapiti di una piccola casa editrice della quale mi servo occasionalmente. Scriverà lì, all'attenzione del ragionier Rubimarga. Uno dei tanti indirizzi che usiamo per casi come questo. È anche facile per noi controllare la posta che dovesse arrivare qui in sua assenza, ma lei non scriva mai a sé stesso. A proposito, c'è un motivo per cui ha traslocato proprio qui, in via Prina, il ministro ucciso a ombrellate dai milanesi?»

«No, se non che amici me lo hanno affittato a prezzo di favore. La vecchia casa venduta, consumo oculatamente il capitale».

Sua Eccellenza scosse impercettibilmente la testa: che follia!

«Be', questo lavoro le verrà compensato bene, mi creda». Agitò la mano: «Sì, sì, lo so che non lo fa per soldi, ma i soldi servono a vivere, dannato idealista testone cocciuto! Ma lo sa che l'orgoglio è un peccato capitale?» Sbuffò: «Le ho portato un pensiero simpatico, l'ha creato il nostro equivalente del dottor Q di 007».

Gli porse una stilografica. Melis l'osservò con circospezione.

«Che succede se la apro?»

«Provi» esortò Sua Eccellenza.

Era un cannocchiale. Sorrisero entrambi, gli ultimi secondi per giocare ai bambini.

«Come intende muoversi?»

«Ricorda Napoleone? Faccio i miei piani di battaglia coi sogni dei miei soldati che dormono».

«Ma lei non ha soldati, signor Mani. Lei è solo!»

Milano, mercoledì 9 novembre 1994

Si era documentato. Attraversato da un limpido fiume, il Goravizza, noto per le rive frondose e i bianchi greti presso la foce, nella dolce campagna coltivata circondata da colline a nord e dal mare a sud, l'antico borgo di Brassanigo, un susseguirsi di corti medievali e palazzi settecenteschi panna e crema dal vago sapore di Mitteleuropa, non toccava i sessantamila abitanti. Due industrie: una di freddo e bianco, frigo e lavatrici; l'altra votata al quinto peccato capitale, mandorlato pan del Doge e baìcoli. Un liceo classico, uno scientifico e un istituto d'arte. Due istituti professionali. Una pinacoteca di serenissimo colorismo. Negli anni Sessanta la città era assurta alle cronache nazionali poiché la locale procura aveva ripetutamente ordinato il sequestro di tutti i film pecorecci del protoporno italiano, da *Topa! Topa! Topa!* a *L'albero delle zoccole*. Ma Brassanigo era famosa anche per gli asparagi bianchi e la squadra di rugby, la ASD Razza Piave, dal nome di cavalli tipici della regione, i cui giocatori erano infatti detti *corsieri*. E, naturalmente, per quello che la cronaca nera aveva chiamato il Delitto degli Ortiliani. Come aveva scritto all'epoca un giornalista, «la tranquilla città di provincia si trovava sospesa fra luce e tenebra, delitto e giustizia, scienza e culti esoterici».

Così, aveva letto con diligente concentrazione tutto l'incartamento relativo.

Sua Eccellenza era stato sintetico ma preciso. La mattina del giovedì 6 febbraio 1986 in un elegante appartamento al terzo e ultimo piano di via Perdono di Barbiana, in pieno centro, viene scoperto il cadavere di Mariastella Biason, nemmeno ventenne, originaria del Bellunese.

Era la babysitter di Claudio, venti mesi, figlio di Fausto Dorigo, ingegnere, ed Elisa Scarabello, insegnante: una coppia affiatata, nota e stimata in città.

Secondo l'autopsia eseguita da Ignazio Caniglia, medico legale all'epoca, Mariastella Biason presentava evidenti segni di strangolamento e soffocamento con un laccio (mai ritrovato) stretto al collo, e successivamente con un cuscino. A scoprire l'assassinio furono i Vigili del Fuoco chiamati dalla madre di Claudio, che quel giorno non aveva scuola ma si era recata in banca: sul pianerottolo, sentiva il pianto del figlio oltre la porta chiusa a chiave dall'interno. I pompieri dovettero usare l'autoscala per raggiungere la loggia al terzo piano. Davanti ai loro occhi, una scena agghiacciante. Il cadavere di Mariastella giaceva quasi completamente nudo sul divano del salotto. Una mano stretta ancora all'abat-jour, la giovane aveva lottato per non morire, come dichiaravano tracce di pelle e sangue sotto le unghie delle mani. Secondo il dottor Caniglia non ci fu nessun tentativo di violenza sessuale e la ragazza era ancora vestita nel momento in cui venne uccisa. Sulla sua gonna vennero rinvenuti due lunghi capelli bianchi. Niente sangue, se non quello sotto le unghie della vittima risultato alle analisi 0+, cioè quello più diffuso in Italia. Ma sul cadavere l'assassino aveva prodigato il proprio desiderio represso.

A conferma di quanto ipotizzato dal medico legale, una telefonata fatta da Mariastella a un'amica dal telefono di casa Dorigo, per concordare un cinema insieme nel pomeriggio, permise di situare con assoluta sicurezza il delitto tra le 9 e le 10 del mattino di quel tragico 6 febbraio.

Un'ora in cui le persone sono già al lavoro. In cui l'assassino sapeva di trovarla sola. Ma era anche il giorno libero della professoressa Scarabello. Nessuno aveva sentito grida, né fra i vicini di casa né dalla strada.

Una testimone oculare, la professoressa in pensione Vanda Gallavresi, già collega al liceo di Elisa Scarabello, disse che mentre era a una ventina di metri, sulla via, aveva visto uscire dalla palazzina un uomo, sicuramente giovane, che indossava una giacca a vento molto simile, se non identica, a quella del dottor Filippo Artuso (e qui il verbale specificava essere, quella di Artuso, una Northern Path di un modello appena comparso sul mercato). L'uomo aveva un borsone blu a tracolla. Vanda Gallavresi aggiunse però di non poter garantire l'identificazione perché il calore delle caldarroste appena acquistate aveva, nel gelo della mattina, appannato i suoi occhiali da miope.

Filippo Artuso? La cosa aveva destato scalpore.

All'epoca non ancora trentenne, in quei giorni l'economista Filippo Artuso era rientrato in città da Bruxelles, dove al tempo già ricopriva un prestigioso incarico per l'Unione Europea: sua madre era morta d'infarto. Possibile che un uomo simile, e in quel triste lutto...? Ma per due giorni la stampa locale, ferocemente conservatrice, aveva sapientemente coltivato le ombre intorno a un concittadino prestigioso, sì, ma notoriamente avverso alle forze politiche che governavano quell'angolo d'Italia.

Tuttavia, l'incastro degli incontri di Filippo quel giorno ne faceva un colpevole molto improbabile: a movimenti cronometrati, avrebbe avuto un quarto d'ora scarso per entrare nella palazzina, salire al terzo piano, farsi aprire, uccidere, spogliare, godere, uscire e scomparire. Possibile, certo, ma molto, molto improbabile. Inoltre, Artuso non possedeva borsoni, né blu né di altro colore.

A quel punto, gli inquirenti coordinati dal magistrato Annarita Landi e dal vicequestore aggiunto Eraldo Franchini, si concentrarono sul fatto che Mariastella Biason era ortiliana, membro della Ortilia, la setta esoterica all'interno della quale la ragazza era conosciuta con il nome di Licia. A capo della confraternita, che godeva di un certo seguito in quegli anni nella Marca Orientale, era il fondatore e guida carismatica Beniamino Bratti. Che aveva, sì, capelli lunghi, ma non bianchi. E, cosa ancor più importante, un alibi inattaccabile, benché fornito da altri adepti della setta. Nessun uomo, del resto, aveva capelli bianchi così lunghi, a Brassanigo e provincia. Che l'assassino fosse una donna? Ma no, c'erano tracce di seme sul cadavere. Vero che sulla scena del crimine nelle ore successive all'intervento dei pompieri erano arrivate molte persone, prima che la polizia limitasse l'accesso all'appartamento chiudendo il soggiorno, ma un'assassina poteva essere esclusa.

Mariastella era figlia di un falegname e di una casalinga: studentessa molto seria, secondo gli articoli dei giornali, il lavoro di babysitter l'aveva ottenuto grazie alle sue conoscenze nel giro della setta degli ortiliani, della quale era fedele adepta. Lì aveva trovato anche l'amore: Marco Venier, Velies per la comunità esoterica, vent'anni, padre dirigente della ditta di elettrodomestici, madre dirigente della ditta di dolci. Ma il ragazzo quella mattina aveva dato l'esame di russo a Ca' Foscari, a oltre sessanta chilometri di distanza.

Beniamino Bratti venne sentito a lungo, torchiato sia come testimone circa i trascorsi di Mariastella, sia come possibile sospetto.

La ragazza era stata accolta due anni prima, e le era stato imposto Licia come nome della rinascita.

E, sì, aveva trovato quel lavoro di babysitter tramite Anita Paronetto, amica di Elisa, dipendente di uno studio di architettura che acquistava ogni tanto mobili artigianali dal padre di Mariastella. La ex moglie dell'architetto titolare dello studio – oh, un divorzio esemplare per correttezza reciproca, i due si erano lasciati in ottimi rapporti – era rinata fra gli ortiliani: Gradiva, al secolo Marina Pinotti. Moglie dell'architetto Plinio Coghetto.

Puntando non sulla teoria dell'estraneo colto da raptus, bensì su quella del conoscente ossessionato dal desiderio, e partendo dal dato di fatto che pochi potevano sapere che quella mattina, libera da impegni scolastici, Elisa Scarabello sarebbe uscita lasciando a casa da soli babysitter e figlio per più di un'ora, gli inquirenti avevano torchiato per giorni un po' tutti. L'ingegner Dorigo, classico candidato da manuale, che però quella mattina era stato in cantiere dalle 8:30 sino al primo pomeriggio, come testimoniarono le maestranze; i vicini di casa, dei quali, nell'ora fatale, erano però presenti soltanto l'ottuagenaria sorda zitella Adelina Bon, al secondo piano («Ah, certo uno di quei fioi de can, zingari, barbari, tartari...»), e, al primo, il vecchio generale di brigata in pensione Umberto De Biasi, sordo e semiparalitico («Che cos'altro vi aspettate da una Repubblica?»), il cui cameriere, Tesfay Nalayeh, somalo quarantaseienne naturalizzato italiano, nell'ora che aveva visto consumarsi il delitto era a far spesa in piazza delle Erbe, con decine di testimoni, dall'erbarolo al pessàro – «sì, due cievoli da bon e non da rio» – senza contar le comari che per Tesfay provavano ormai un affetto da vecchie zie; infine, i vari ortiliani della cittadina. Sui quali allora gli inquirenti, pur prodigandosi, non eran riusciti a raccogliere indizi, men che meno prove.

La meccanica dell'omicidio era evidente. Mariastella Biason aveva lasciato entrare senza sospetti l'assassino, che l'aveva aggredita in salotto: la ragazza giaceva sul divano, la destra tesa sull'abat-jour del tavolino, ultima e vana difesa. Gonna blu e mutandine erano abbassate fino alle caviglie, la camicetta slacciata, strappata: sotto, niente. Il cuscino accanto al volto, con tracce della saliva della povera ragazza. Tutt'intorno, i segni di una lotta disperata e inutile. Poi l'omicida era fuggito dalla porta di casa, lasciando le chiavi inserite nella toppa. Lo scatto della serratura automatica aveva fatto il resto, impedendo a Elisa Scarabello Dorigo di entrare. Impronte digitali sulla maniglia? Ma i Dorigo ricevevano gente almeno due sere la settimana! E in ogni caso la maniglia risultava in parte priva di impronte, come se stretta da una mano guantata o protetta da un fazzoletto.

Sembrava certo che il piccolo Claudio, addormentato in culla nella sua stanzetta, non avesse visto nulla. Ovvio, piangeva, ma appena la madre lo aveva abbracciato si era calmato e non aveva dato più segni di turbamento. Tutto si era consumato, forse senza nemmeno un grido, in quel salotto.

Per mesi gli inquirenti indagarono. Sentirono i genitori della ragazza morta, che esclusero storie di cuore con qualcuno del paese, né altro seppero dire: era una così cara figliola. Interrogarono Marco Venier, per capire se vi fosse qualcuno innamorato di Mariastella. Il giovane, affranto e desideroso di contribuire all'arresto dell'omicida, parlò a lungo, ma nulla di utile trapelò da quei colloqui. A detta di chiunque l'avesse conosciuta, Mariastella appariva una ragazza normale, estroversa, con la sola stravaganza di farsi affiliata degli ortiliani, come, del resto, un centinaio di bravi borghesi annoiati di Brassanigo, fra i quali le mogli di importanti dirigenti delle due aziende locali. Ma Beniamino Bratti, a detta di tutti magnetico e affascinante, tanto magnetico e affascinante da far convogliare sul proprio conto corrente cospicue donazioni degli adepti, di fatto era uscito indenne dall'inchiesta.

Proprio come Filippo Artuso, pensò Melis: indenne, ma con un'ombra sul passato.

Mariastella Biason. Mariastella. Maria. Le tre Marie, quelle dei panettoni, certo, ma anche le stesse che il vascello di pietra aveva miracolosamente condotto dalla Palestina alla Francia, tra le paludi della Camargue: nella chiesa di Saintes-Maries-de-la-Mer, Fiorenza gli aveva spiegato perché le tre donne stessero su quella barca. Ma quale stella aveva condotto Maria Biason a morire così?

Per giorni, per settimane, per mesi le indagini andarono avanti, sempre più stancamente. Certo, si disse Melis, in quegli anni le moderne tecniche investigative della Polizia Scientifica, in particolare l'esame del DNA, non erano ancora state messe a punto. E oggi, peraltro, non aveva senso riesumare il cadavere, posto che recasse ancora tracce seminali e salivari, senza un indiziato credibile. Così, passarono settimane, mesi. Anni. Subentrò il silenzio. Ma non l'oblio. Per quella morta invendicata l'ombra del sospetto rimaneva, opaca, vischiosa: su Beniamino Bratti, sugli ortiliani. Su Brassanigo.

E, soprattutto, su Filippo Artuso.

Una pista fredda. Un caso difficile. Famiglie. E come diceva il proverbio russo, le famiglie degli altri sono foreste buie. Molti dovevano essere stati reticenti, ai tempi, e altri forse avevano mentito. Uno, almeno uno, aveva sicuramente mentito. Né ci sarebbe stato a disposizione l'elemento di prova basilare, il testimone fondamentale, il cadavere della povera ragazza assassinata. Perché, sì, i morti parlano. E non mentono mai. Bisogna soltanto saperli ascoltare.

Perlomeno, pensò Melis, mi distrarrà dal Natale.

Una bottiglia di Banyuls. La pipa. La notte. E Thelonius Monk a renderla un velluto.

Come dice Confucio, se sei in un pasticcio, almeno assaporalo.

L'unghiuto drago della pioggia avvolto intorno al grande shaker d'argento lo fissava beffardo.

"Perché a volte ci accade di vedere una nuvola a forma di dragone..." si trovò a pensare. No, non era citazione di buon augurio, questo pensiero di Antonio suicida. "Io muoio, Egitto". Si versò ancora un poco di quel vino superbo. Immenso Shakespeare, lui sì che sapeva come si deve morire.

Brassanigo, giovedì 10 novembre 1994

Piazza delle Erbe metteva allegria solo a guardarla. I colori – dei tendoni, dei fiori, dei coni di spezie in polvere, degli ortaggi più strani – e le voci, cantilenanti come un gospel salso di laguna, si mescolavano alle superbe architetture che rinserravano quel modesto spazio rettangolare facendone una vera quinta teatrale.

La Fiat Punto bianca, nuova come un uovo appena scodellato dalla gallina Coccodè, spronata dal sassofono di John Coltrane aveva percorso i circa 300 chilometri in poco più di centottanta minuti: si era svegliato alle cinque, la sacca da viaggio già pronta, e a quell'ora non c'era traffico nemmeno sulla Milano-Bergamo, anche se a lui non piaceva correre. Sicché alle nove era entrato alla Locanda del Doge, che in quel mese non aveva problemi di prenotazione ed era anche fornita di un piccolo parcheggio interno, in tempo per un cappuccino e per godersi la piazza. La Locanda era uno degli edifici sul lato lungo a occidente: il lato corto a nord era chiuso da una chiesa bizzarra che gli ricordò la veneziana Santa Maria dei Miracoli, quello a sud, confinante con l'attigua e più vasta piazza del Popolo, da una copia del padovano teatro dell'Odeo: Rinascimento e Barocco anche per le case private che correvano sui lati lunghi dove si aprivano vetrine eleganti. Al centro di quello opposto alla Locanda del Doge, spiccava l'insegna del quotidiano locale.

Sistemato il bagaglio nella stanza – «Quanto si ferma, signor Mani?» «Non so ancora, alcuni giorni, sono qui per lavoro» – aveva subito telefonato a Beniamino Bratti. Il quale però, aveva risposto una voce femminile, quel giorno era alla Galleria d'Arte Moderna di Ca' Pesaro a Venezia.

«Perché desidera vederlo?» aveva chiesto poi la donna. E lui, che aveva chiamato apposta dall'atrio, curando di farsi sentire dal concierge: «Sto scrivendo un libro sull'omicidio di Mariastella Biason».

Mentre l'uomo al banco si era irrigidito senza levare la testa dal registro, la donna non aveva mutato tono di voce: «Venga pure domani mattina alle dieci in punto. Ha l'indirizzo, vero?»

Così, ora, aveva un giorno a disposizione.

Entrò in una tabaccheria e distogliendo la titolare dalle parole crociate – «Le hanno tutte e cinque» borbottava tra sé, «le hanno tutte e cinque» – acquistò tabacco da pipa e pianta turistica della città.

Consultandola, prese a seguire lentamente un percorso, the Ortilian's Crime Tour: via Perdono di Barbana, a oriente di piazza delle Erbe, era al limite delle antiche mura, oggi sostituite da una verde passeggiata ciclopedonale. Anche gli edifici avevano subito un moderno restyling. La palazzina del delitto, ad esempio, doveva risalire al Seicento, un Seicento povero che il sapiente maquillage di mattone a vista e intonaco crema, tetto rifatto e infissi pure, aveva trasformato in una bella casa alla moda. Ecco, quella doveva essere la loggia – non ce n'erano altre – dalla quale erano entrati i pompieri. Controllò i citofoni. La vecchia zitella e il generale dovevano essersi trasferiti in una dimora più piccola e umida, sotto la terra del camposanto, perché i nomi erano cambiati. Quello di Scarabello Dorigo, però, era ancora lì. In tutto, sei appartamenti. Senza portineria, ovviamente. La civiltà del portierato, in Italia, la trovavi solo a Roma Milano e Torino.

Si guardò intorno: poca gente a quell'ora. Ecco, là, forse, la teste Vanda Gallavresi aveva acquistato le caldarroste. Perché stava venendo, proprio come lui quella mattina, dal centro. Ma allora dove stava andando il misterioso giovane in giacca a vento e borsone che la donna aveva visto uscire dalla palazzina? Arrivato quasi allo sbocco del percorso ciclabile, Melis vide due traverse, strette, in direzione nord-sud. Quella a sinistra lo avrebbe portato verso i quartieri a settentrione di piazza delle Erbe, l'altra invece avrebbe incrociato vie parallele a quella dei Dorigo verso l'asse che univa piazza del Popolo a piazza del Duomo. Strade sicuramente più affollate in quel giovedì mattina del febbraio 1986. No, se fosse stato lucido, il misterioso individuo avrebbe preso a sinistra, un rischio minore, sempreché non si fosse incamminato lungo la ciclabile. Dove, probabilmente, nessuno avrebbe fatto caso più di tanto a un giovanotto in giacca a vento e borsa sportiva.

Già: perché aveva detto sportiva? La Gallavresi aveva parlato soltanto di un borsone. Blu. E aveva gli occhiali appannati. Anche lui, Melis – ora Nereo Mani – aveva un borsone, quella mattina, ma non era un borsone sportivo.

Decise che era il momento di un bel comunicato alla stampa.

Come molti giornali di provincia delle felici terre che traversa un'acqua che ha nome Eridano, la «Voce di Brassanigo» amava compiacere i potenti. Quali? Quelli di turno. Purché conservatori, s'intende, meno ingombranti dei reazionari. Ma qualora lo richiedessero i tempi, anche reazionari. Per averne conferma bastava un'occhiata alla prima pagina esposta in bacheca, fra il portone dell'edificio in cui al secondo piano s'annidava la redazione (il primo era occupato da uno studio notarile) e il bar a destra, che peraltro offriva copia del giornale, al tavolo interno, ben sorretta fra due lunghe stanghe di legno chiaro.

Melis – no: Mani – salì le scale di pietra. Il cronista che ai tempi aveva seguito il caso si chiamava Malighetti, Lelio Malighetti. Lo avrebbe trovato ancora, dopo otto anni?

Un lungo corridoio sfociava in quello che sembrava un unico grande e chiassoso ambiente; un breve corridoio, a sinistra, portava a una porta a doppio battente verniciata di grigio; una stanzetta sulla destra, senza porta, celava un cerbero over fifty criniera biondo fragola e artigli rosso Marylin. Da bravo cerbero, latrò:

«Chi è? Cosa vuole? Il dottor Bernardi è occupato!» il tutto in meno di un nanosecondo.

Foresto ma *sior* nelle lane inglesi Mart&Dee, Melis studiò la donna con la stessa calma con la quale san Giorgio doveva aver preso le misure al drago.

«May I see Mr Malighetti, please? Lelio Malighetti?» chiese come se la Belva non avesse nemmeno aperto bocca. La magia della potente formula funzionò: quale italiano, di provincia o di capitale, resiste alla lingua di Hollywood?

«Spéta» gli disse alzando a scudo la sinistra a palmo in fuori, mentre la destra afferrava il telefono e componeva un interno: «Lelio, scólta, ghe xe un foresto che me par mericàn – ma porco e fora, scóltame: no al telefono, sta ténto, xe qua te digo! Come, qua? Qua, vanti i oci!» e indicò a Melis la grande stanza in fondo. Alla cui soglia si affacciò eccitato un piccolo uomo di accennata calvizie, sui quaranta, magro, nero di pelo e di occhi, protetti, quest'ultimi, da un paio di occhialini dalla nera montatura a stanghetta. Vestito stazzonato, scarpe pesanti: la spessa suola di para gli regalava quei due centimetri sopra il metro e sessantacinque scarso concessogli da Madre Natura.

«Good morning» esordì.

«Parliamo pure italiano» disse Melis a bassa voce. «L'inglese è una risorsa che uso con segretarie severe».

L'uomo lo fissò interdetto, fu davvero sul punto d'indignarsi, poi si sciolse in un comico gesto di rassegnazione.

«Sì, Brivido Pop ce la mette tutta. Ma lei, che metodi! È un collega?» e lo invitò a sedersi di fronte alla sua scrivania, preminente su altre due dove colleghi più giovani erano intenti a telefonare e a scrivere al computer.

«Mi chiamo Nereo Mani. Sono pubblicista. Lavoro a un libro sull'omicidio di Mariastella Biason. E ho già un editore».

Malighetti sembrò sgonfiarsi. «Ancora?»

In quella, squillò il suo interno. L'omino sembrò sgonfiarsi ancor di più.

«Sì?» rispose.

La voce di là dal filo parlava a un tempo bizzosa e blesa.

«No, no, non è un americano, dottore: ha capito male Rosalba. Un mio conoscente, sì. Ma certo, ma certo. Sì, sì, sì, ho già provveduto. Ma certo». Mise giù. «Questo era il direttore, Bepi Bernardi, io sarei il caporedattore e lui pretende ancora il lei, tanto per inquadrarlo, mentre 'l sior Giandomenico Biesuz, commendatore della Repubblica titolare dell'omonima celebre industria di elettrodomestici, è 'l sior paron».

Melis non si scompose, e, come non fossero stati interrotti:

«Perché ha detto *ancora*?»

«Prego?»

«Perché, quando ho detto che sto lavorando a un libro sul caso Biason, ha commentato *ancora*?»

«Perché di questa città, quando se ne parla, è per ricordare quel... quel...»

«Quel delitto» concluse Melis per lui.

«Sì, già. Vecchio di otto anni. Ma ancora senza risposta. E lei magari, oltre a voler ritrarre i vizi della perbenista provincia borghese, ha anche già la soluzione in tasca, vero?»

«No. Per questo vorrei parlare con lei, che all'epoca seguì il caso. Naturalmente, sottoponendole prima le bozze, la citerei puntualmente, e la metterei in cima a tutti nei ringraziamenti».

Una luce nuova fece fessure di occhi e bocca del caporedattore.

«Chi è l'editore?» E, al nome: «Ah, sì: pubblica inchieste di economia e geopolitica. Di sinistra».

«Lavoro per loro. L'idea è piaciuta».

«Quando è arrivato?»

«Due ore fa».

«E con chi ha già parlato?»

«Nessuno, non ho parlato con nessuno. Lei è il primo».

Malighetti controllò l'ora, sbirciò i colleghi intenti ad altro, diede un'occhiata al muro oltre il quale, invisibile, sedeva Bernardi, poi:

«Senti, tu dove alloggi? Al Doge? Bene, a mezzogiorno in punto troviamoci al Cerigoto, il bàcaro in vicolo del Ghebo. Parleremo con calma e là, credimi, te magnarà ben bevendo mègio». Ghignò: «Sarò tuo ospite, naturalmente».

Il Cerigoto, l'abitante di Cerigo, alias Citera, l'isola dal cui mare nacque Venere – vergine, assicura il poeta, come se fosse raro nascere vergini – nonché il più meridionale fra i serenissimi dominii nell'Egeo. La meta dell'imbarco di un Ancien Régime al tramonto, in uno dei più squisiti dipinti del Settecento francese.

«Bene» disse Melis.

Brivido Pop ne seguì l'uscita con occhi carichi di rancoroso sospetto.

«Dice che rilassarsi la rende nervosa. È che lei ha i chakra bloccati».

«No, è che lei è una gran stronza».

Sedute al tavolino del bar della stazione, le due donne aspettavano impazienti un treno per qualche posto: un treno per Qualdove, avrebbe detto Fiorenza.

Da qualche parte qualcuna cantava: «*Cry, baby, cry, then put your finger in your eye*» e un uomo massiccio, in loden, stava dicendo al telefonino: «Per me Alfredo dovrebbe chiamarsi Alfresco».

Acquistati venti gettoni alla cassa del bar, Melis si chiuse in una delle cinque cabine telefoniche a disposizione dei viaggiatori, fece cadere nella fessura cinque gettoni e compose il numero che più di ogni altro conosceva a memoria.

Il tempo di tre soli gettoni e il centralino della Questura di Milano gli passò l'interno. Uno, due, tre squilli.

«Buongiorno, Massimo: come stai?»

Una minima esitazione, poi il viceispettore Massimo D'Aiuto:

«Dottore! Che sorpresa! Come sta?» tra sé traducendo in: *A sta coppula!* Ebbe la delicatezza di non chiedergli come mai telefonava dopo mesi e mesi di silenzio, e lui, d'altronde, che avrebbe potuto rispondergli? Che era stato molto occupato a occuparsi di sé stesso?

Andò diritto al sodo:

«Sono fuori Milano, e ho bisogno di un piccolo favore, assolutamente riservato: fra me e te».

«Dottore, dopo il sostegno che mi ha dato per il nuovo grado, lei non deve chiedere: lei deve solo ordinare».

«Ah, vedo che il grado ti fa ruffiano» celiò Melis. «Però, davvero: io e te, nessun altro».

Miscaleddu! «Tranquillo, dottore, smentirò mio nonno che in questi casi diceva: io ho fiducia in due persone, una sono io e l'altra non sei tu. Cosa posso fare?»

Altri due gettoni vennero inghiottiti da tempo e distanza.

«Leggi la scheda di servizio di Eraldo Franchini, otto anni fa era vicequestore aggiunto. Che tipo è? E, già che ci sei, lo stesso per Aulo Rachis, che è l'attuale vicequestore aggiunto».

«Dove?»

Melis esitò un solo istante. «A Brassanigo, entrambi a Brassanigo».

«Bene. La richiamo io?»

«No, io. Quando?»

«Domani sera dopo cena a casa mia. Ha il numero?»

L'aveva. Infilò altri due gettoni.

«Tu e tua moglie tutto bene? Come sta Lambiase?»

«Tutti tutto bene: la figlia di Lambiase è la migliore della classe in matematica». Il rumore di un altro gettone caduto.

«E il nuovo questore?»

«Eh, dottore, sa com'è: le pecore han paura del lupo ma chi le mangia è il pastore». Un gettone cadde nel buio senza fondo. Poi, quasi timido, «Posso dirlo, ci manca a tutti, qui».

«Si dice così anche della Provvidenza, Massimo. Ricordati, è cosa fra noi due, nessun altro. Ora ti lascio, son finiti i gettoni».

Non era vero, ma non voleva prender la china dei rimpianti.

Eh, sì: dal Cerigoto bevevi bene e mangiavi meglio. Soave classico, baccalà alla vicentina. Caffè. E tante, tante parole. Dalle quali, tra l'altro, Melis aveva incidentalmente appreso che la rada chioma di Lelio non aveva quaranta ma trentasei anni.

In ogni caso, l'uomo era tutt'altro che stupido. Anzi. Buoni studi, due lingue, famiglia e... quel buco di provincia. Dove, in ogni caso, era nato, e dove era qualcuno. A dispetto di Bepi Bernardi, messo lì dal Re del Gelo per vigilare sulla linea politica del giornale.

«Oh, non che io sia un rivoluzionario, eh?» chiarì, infilandosi in bocca una forchettata di polenta e anguilla alla polesana.

«Ma tante cose non puoi scriverle» chiosò placido Melis. Non aveva mai apprezzato l'abuso del tu, ma fra colleghi si usava, e lui, in quanto Nereo Mani, del Malighetti era quasi collega.

«Appunto».

«Anche sul delitto Biason?»

«Sì e no» rispose Malighetti. No nel senso che, rispetto alle indagini, tutto quel che si sapeva lui e gli altri giornalisti lo avevano puntualmente riferito. Sì, perché su tante delle persone coinvolte si sarebbero potuti scoprire altarini forse non sempre estranei, se non all'indagine, all'ambiente in cui era maturato il delitto.

«Ad esempio?»

«Ad esempio Marina Pinotti. Studi superiori, all'epoca marito architetto, poi un divorzio sereno, da manuale».

«Ma?»

Lelio abbassò la voce a un sussurro:

«Diciamo che sin da ragazza, giocando a dire fare baciare, a lei del dire proprio non importava». Indossò lo sguardo complice da maschio a maschio e scese sul concreto. «Perché i ghe piase i bìgoi. No, non la pasta tipica con quel nome. Quelli di carne de oca, e se possibile bene in carne. Una che ama gli addominali, e Plinio è un'ottima persona ma può offrire soltanto lardominali. E poi, a dirla tutta, Plinio, sì, tanto un brav'uomo ma c'è chi mormora che forse era un po' troppo disinteressato a sua moglie e alle donne in genere. Però a un certo punto decise che eran troppe le corna, e troppa la fatica di portarle. Altro che

Marina, quella era Montagna! Una montagna di corna. E, ciò che è peggio, in provincia, non già con maschi di pari livello nella scala sociale. No, era altra la scala che lei guardava. All'epoca la dolce Gradiva – il nome datole da Bratti una volta entrata nella setta – aveva due amanti, due rugbisti, Moreno Sostanel ed Eros Trevisan. Giovani e di queste parti. Amici di Marco Venier. Nessuno si è chiesto se Marina gradiva anche Marco, e se lui aveva detto sì, oppure no, e se in tal caso il no fosse motivato dalla relazione con Mariastella».

«Vuoi dire che Marina Pinotti potrebbe aver commissionato, o addirittura commesso il delitto per gelosia? Perché voleva il ventenne Marco Venier?»

«Io dico solo che nessuno si è fatto queste domande, che nessuno ha cercato risposte».

Melis appoggiò la schiena alla sedia.

«Che tipi erano gli inquirenti, Franchini e Landi?»

«Bravi, svegli, integerrimi. Lui di grande esperienza, lei molto determinata. Per la media italiana, sì, alla fin fine hanno fatto il possibile».

Dei quattro sentimenti all'origine di ogni delitto – amore avidità lussuria e odio – il primo, pensò Melis, è di gran lunga il più pericoloso.

«Forse» disse, «se le son poste, queste domande, e le risposte non portavano da nessuna parte». Lelio fece la faccia di chi non crede. «O forse qualcosa è sfuggita all'inizio, e ha interrotto la catena degli indizi. Si sono fatte indagini partendo dal sangue sotto le unghie di Mariastella?»

Malighetti ebbe una risatina, come un vento di primavera. «Scherzi? Nel 1986 l'esame del DNA nelle indagini poliziesche era appena agli inizi, e come forse saprai il gruppo 0+ è...»

«... il più diffuso in Italia, lo so. Però avrebbe potuto almeno escludere alcuni sospetti».

«I soli Bratti Dorigo e Venier, gruppo A+, che peraltro avevano già un alibi». Giocherellò con la forchetta. «Molti ortiliani si rifiutarono di sottoporsi all'esame del sangue o di comunicare il loro gruppo. Filippo Artuso ammise di essere 0+».

«Un ingenuo candidato ideale».

«Puoi dirlo. A Bernardi, poi, non pareva vero di gettare sospetti su un aperto sostenitore dell'unico sindaco non democristiano del dopoguerra. L'unico, intendo, prima di questi tempi di Serenissimi serrati a una Lega». Sbirciò di sottecchi Melis, curioso di capire da che parte pendesse, poi: «Per pochi giorni i due lunghi capelli bianchi trovati sulla gonna di Mariastella Biason fecero nascere la leggenda metropolitana del foresto, un vecchio zingaro che qualcuno diceva d'aver visto aggirarsi nei campi intorno al Goravizza. Tutte balle, ovviamente. Chissà perché il Male deve sempre venire da fuori. Per rassicurarci, no? I xe tuti brava gente, a Brassanigo. Uno però è anche un assassino».

«E questi, Pinotti, i rugbisti, Venier, abitano ancora qui?»

«Moreno ed Eros, no: uno gioca in Francia, l'altro vicino Brescia. Per il resto, tutti quelli citati nei miei articoli in quanto a diverso titolo implicati nel caso sono ancora qui. Marco Venier pendola fra casa dei suoi e Trento, dove insegna a contratto». Finì il vino, poi: «Ma oggi Marina, che per inciso trovi sulla guida telefonica, si è calmata. E si è lasciata andare. Venti chili e otto anni di troppo. C'è chi dice che beve». Sorrise. «Ma chi non beve, nel Triveneto?»

«E Beniamino Bratti? Che mi dici, di lui?»

Ah, Beniamino Bratti. Era arrivato da fuori, da qualche piega del grande mondo insieme a una ricca pittrice più anziana di lui, a fine anni Sessanta: s'erano innamorati di una villa, l'avevano acquistata – o meglio: l'aveva acquistata lei, la pittrice, Elda Chiomenti, e quando lei era morta, a Parigi, lui era tornato e ne aveva fatto il suo regno. Che tipo è Beniamino Bratti? «Beniamino sorbisce la vita come fosse un'ostrica». Così, a dire di Malighetti, aveva ammesso tra disappunto e rimpianto, una sera, dopo un concerto, la pittrice Chiomenti. Cosa faceva, Bratti? Tutto e niente. «Fa il porco, ecco cosa fa, il porco!» aveva strillato una sera al giornale, rosso in volto, Bepi Bernardi. «Forse ricordi che in tedesco *Schwein haben* significa *Avere fortuna*» ammiccò Lelio a quel punto, «e certamente Bratti ha una piccola o forse grande fortuna al declinare di una vita fortunata».

«Sì, credo di aver capito».

«L'orosessuale». E, allo sguardo perplesso di Melis: «No, non omosessuale, orosessuale. Uno che col sesso ha fatto i soldi. Anche perché, dicono, ce l'ha d'oro. Nessuno però qui sa molto, del suo passato. È certo che sia nato in Russia nel 1917. Pare che il padre fosse un musicista, insegnante al Conservatorio, la madre una nobile russa. Scapparono allo scoppio della Rivoluzione: Parigi, e poi l'Italia. Torino, sembra. Già al liceo, o così almeno si dice, andava a letto con ricche quarantenni annoiate. Quel che è certo, o quantomeno si dà per certo, è che un anziano industriale lo testò: il vecchio gli lasciò un sacco di soldi. Sino agli anni Cinquanta, però, la sua vita è un mistero. Poi, quarantenne, non ti sposa Gala, figlia ventenne di Jaime Diaz Bonetti, o rey della bistecca? Una ricchezza non vistosa, ma solidissima. Sai, quello controllava il mercato della carne conservata fra Argentina e resto do mundo, era l'anello mancante fra la vacca e la scatoletta».

È incredibile quanti corpi possa ospitare simultaneamente un comune letto matrimoniale, pensò Melis: uno, due, tre... sei. Equamente divisi fra i due sessi. Due? Solo due? Sicuro? E, su tutto, la fragranza di quei composti vegetali che furono l'indispensabile condimento dei Fab

Sixties. Anni nei quali Lelio Malighetti aveva sì e no finito di usare il pannolino, che forse allora, chissà, in Italia nemmeno c'era.

«Tanta carne al fuoco!»

«Puoi dirlo! Ma al fuoco del diavolo: Jaime morì nel 1962 e la bella Gala, la Bisteccona, lo seguì l'anno dopo cadendo in mare ubriaca durante una crociera sul loro yacht. Ma Beniamino non era a bordo. E quando una sera, qui, in questo buco del culo del mondo, una sera del Festival Musicale ci troviamo soli nel fumoir della Fornace Asburgica e il discorso cade sulla morte per acqua, e io oso dirgli: "Lei perse sua moglie così, vero?" sai cosa mi dice, del suo matrimonio? Che la cosa più bella era stata la complicità. Sissignori, la complicità. Per poi aggiungere che lo yacht era un due alberi costruito nel 1928 dai Cantieri Navali Baglietto di Varazze. Ti lascio immaginare...» Lo fissò negli occhi, triste e serio: «L'Italia di oggi è un paese dove fallire è diventato impossibile. Non parlo di aziende, parlo delle persone. E non è un bene, sai? No. Soltanto mancanza di etica, e di vergogna. Dicono che adesso, qui, con la Liga del Leon che magna el teron cambierà tutto: padroni a casa nostra, sghèi e nemmeno più l'acqua alta a Venezia. Vedremo. Sempre meglio dei democristiani, dico io. Comunque, tornando a Bratti, se a prima vista potrebbe sembrare quello che gli spagnoli chiamano un *culo de mal asiento*, il culo, comunque, ha finito per posarlo qui. Come ti ho già detto comparve qui dal nulla con questa pittrice, e qui è tornato. Vecchio, ha giocato a fare la sua setta, il santone si è divertito alle spalle e con altre parti del corpo della Brassanigo bene, e insomma... Insomma, lo vuoi conoscere? E io, dal tuo libro, ringraziamenti a parte, cosa ci guadagno?»

«Potremmo firmarlo entrambi, che ne dici? Diritti fifty fifty».

Malighetti ordinò i caffè, poi trasse di tasca un taccuino logoro.

«Qui» disse agitandolo in faccia a Melis, «ho tutti gli appunti che presi allora. Sì, gli ortiliani non vennero accusati. Perché? Hai buona memoria?» Aprì il taccuino e iniziò a leggere. «Marina Pinotti, a casa con Eros. Moreno, in palestra con numerosi testimoni. Anna Paronetti, a casa dove ebbe due diverse telefonate, come risultò anche dai tabulati telefonici; era in attesa che il figlio Danilo, allora quattordicenne esentato dall'ora di religione, tornando dalla palestra passasse alla farmacia di piazza Erbe a ritirare dei medicinali omeopatici prima di recarsi al liceo. Lui glieli portò, lei gli preparò un frullato mentre lui metteva a lavare maglia e calzoncini, poi uscirono insieme e lei aprì il negozio dell'architetto Coghetto alle dieci, come ogni giorno. Coghetto, al tempo marito della Pinotti, non ha un alibi per tutta l'ora durante la quale venne compiuto il delitto, ma alle 9:30 era al bar del Corso, da dove fece una telefonata a un collega di Padova, come risultò dai tabulati. Lungo il percorso a piedi da casa sua al bar aveva incrociato diversi conoscenti. E, in ogni caso, non poteva essere lui l'uomo in giacca a vento. Gli altri avevano alibi ben più solidi».

«In realtà» osservò Melis, mentre venivano serviti i caffè, «la Pinotti ed Eros si forniscono l'alibi a vicenda. Potrebbero essere loro due, gli assassini». E l'uomo della giacca a vento, era poi mai esistito davvero? Ma questa domanda se la tenne per sé.

«Credo che Franchini ci abbia pensato, anzi: lo so con certezza. Però non riuscì mai a provarlo». Si alzò: «Fifty fifty?» Non si riferiva al conto.

Il viale del Quadriportico correva oltre il centro storico, e prendeva nome dal Quadriportico della Misericordia, lazzaretto prima, ospedale poi, unico edificio antico nella sfilata di casamenti anni Settanta affacciati sulla pianura, muri scabri color rosa mattone e infissi in qualcosa a effetto legno verde, che avevano espiantato da quella che era stata campagna le povere case di poveri contadini.

Una telefonata di Malighetti aveva fatto schiudere l'uscio dell'interno 5 al primo piano del civico 3.

«Eh, il matrimonio è come il lotto: tanti perdono e pochi guadagnano».

A basso volume, *A Hard Rain's Gonna Fall* permeava l'ambiente.

La luce entrava grigia dalla finestra, grigia come la tuta sportiva della donna, grigia come il volto in contrasto con la paglia dei capelli. Grigia come il fumo della sua sigaretta. Era ancora giovane, Marina Pinotti, trentott'anni nemmeno compiuti, ma il volto, che era stato bello, non conosceva più trucco, e il corpo, che un tempo doveva essere stato opulento come nelle donne di Tiziano, ora dava l'idea di contenere, mal fermentate, troppe birre e troppe patatine in sacchetto.

«Lo sa come mi chiamavano, al liceo? Tetta Bumbum. Mio padre era il segretario comunale, mia madre la maestra elementare, ma io ero Tetta Bumbum».

«Però ha fatto un buon matrimonio, frequenta la gente che conta».

Storse le labbra in un ghigno amaro.

«Sì, ero bella. E Plinio è un brav'uomo».

«Lo vede ancora?»

Ora il Minstrel Boy cantava *Don't Think Twice, It's All Right*: era il secondo album, pensò Melis.

La donna fece spallucce:

«Un brav'uomo, la perfezione della mediocrità. Ma da ragazzo... qualche lampo... Comunque, ci siamo sposati. Amore? Chi lo sa? A volte mi chiedo se Plinio provi sentimenti, a parte il design: già suo padre sembrava un registro a partita doppia... Comunque, non è durata. Meglio per lui. Sa cosa dicevano? Che gli altri mariti avevano una dolce metà, e Plinio un amaro trequarti. Sì, le dolci metà... Corna a palate, le brave mogli. Perché ha ragione Oscar Wilde, per un matrimonio felice ci vogliono più di due persone, e gli altri non sono i figli. Però nel mio caso con il divorzio la gente che conta, come la chiama lei, che poi qui cosa vuol contare? fino a tre, forse... Be', la gente che conta ha cominciato a non farsi trovare a casa, a dimenticare il mio nome quando dava feste. Se vuole possiamo dire che sono vittima di luoghi comuni di segno opposto. Per capirci, non del genere "matrimonio e patrimonio sono sacri" ma del tipo che il mio profumo preferito era Eau d'homme».

«O forse che non si profumava di nascosto».

Gradiva ebbe una risata gorgogliante:

«Ha capito perfettamente. Dovessi far l'elenco di storie di corna, qui... Ha presente quel vecchio film, *Signore e signori*? Ecco, tal qual. Ma aggiornato alle nuove tecnologie. Ma lo sa che qui un anno al Festival Musicale venne il balletto della Giamaica e i ballerini maschi, l'ultima sera, eran così spremuti da non stare in piedi? Tutte, se li erano passati: tutte, dalla moglie del sindaco in giù. E si mormora che anche qualche irreprensibile marito si sia fatto una rumba, *'a rumba d'i scugnizzi*. Scugnizzi neri neri, però, e come li hanno munti. No, scusi, sbaglio: ho detto tutte, ma per quanto possa sembrare incredibile, AC no, nessuno. Donna intelligente, AC, viene dal popolo».

«Scusi, chi è AC?»

«A sua scelta, Assunta Cozzolino, o in arte Audrey Casey». Spense la sigaretta. «Doveva vederla, appena arrivata: al ristorante pretendeva il *coltello da vino bianco*. Però, sopportare Biesuz a occhio e croce equivale a prendere una laurea in etologia. Perciò, complimenti». Ne accese un'altra, espirò il fumo sottile. «Comunque, è vero».

«Che cosa?»

«Che ce l'hanno più grosso, quei maschioni di cioccolato. Ce l'hanno davvero più grosso».

E va bene, se proprio voleva metterlo alla prova...

«No, sono soltanto avvantaggiati dalla forma delle ossa pubiche che estroflettono parte del pene».

Lo fissò divertita. «È medico o cosa?»

«Cosa. Le dispiace se le chiedo - mi scusi se vado giù piatto, ma sarà abituata a noi giornalisti - se le chiedo di quei due giocatori di rugby?»

Una risata gorgogliante:

«La gente mormora, eh? Ma che cosa vuole sapere? Se erano bravi? E su che campo, verde erba o bianco lenzuolo? O se mio marito era geloso? O se hanno a che fare con questa brutta storia nella quale lei sta rimestando? Moreno ed Eros non c'entrano niente, mi creda, e lei li lasci fuori da questa faccenda».

Dopo gli aspri singulti di *Oxford Town*, l'armonica acida di *Talkin' World War III Blues*.

«E se le chiedo degli ortiliani? Le dispiace se le chiedo di loro?»

«E perché mai? Saremo stati quasi un centinaio, donne e uomini. Le donne, quasi tutte mogli della Brassanigo che conta, il che non rendeva certo simpatico il Maestro agli occhi dei loro mariti. Però posso assicurarle che mai, mai una volta, con nessuna, il Maestro è stato meno che spirituale».

Nemmeno con lei, avrebbe voluto chiedere. E invece:

«La Biason però non era della Brassanigo che conta».

«No, certo. Ma anche per i primi cristiani trovava la plebe accanto alla più illuminata aristocrazia. Avrà pur letto *Quo vadis?*»

«E la Biason venne ribattezzata Licia, come l'eroina del romanzo, giusto? Era babysitter presso la famiglia Dorigo: mi risulta che avesse trovato quel lavoro tramite tal Anita Paronetto, amica dei Dorigo e dipendente di uno studio di architettura che acquistava ogni tanto mobili dal padre di Mariastella. La ex moglie dell'architetto titolare dello studio è lei, signora. Giusto?»

«Giusto. È lo studio di Plinio. Ma io conobbi Licia – Mariastella – soltanto dopo, alle riunioni di noi ortiliani, dove c'erano anche Anita e suo figlio».

«Suo figlio?»

«Oh, poco più che un bambino. Ecco, se posso dirlo, a me non sembra giusto imporre un credo ai minori. Già il battesimo è una violenza. E questo, nel libro, lo scriva pure» e diede forza alle parole schiacciando il mozzicone nel portacenere.

«La Paronetto vive ancora in città, vero?»

«Sì, abita due isolati a nord di piazza delle Erbe e lavora sempre per mio... per Plinio. Mi sorprese, il Maestro, quando accettò quel ragazzino, ma a suo dire aveva bisogno di una figura paterna». Si accese una sigaretta. «Senta, andrebbe in cucina a prendermi un'altra birra? E lei quel che crede, ovviamente» chiese indicando vagamente verso destra. Ma quell'appartamento era così modesto che sarebbe stato impossibile perdersi.

Andò. Un foglietto sul frigorifero, con il memento *Fax-simile a doc modulo rimborsi*. Sì, proprio così: *fax-simile*. E *a doc*. Ma non aveva detto, Malighetti, che la Pinotti aveva fatto buoni studi? A meno che *doc* stesse per documento, non per *ad hoc*. O che il foglietto fosse di mano d'un qualche uccello di passo. Un mistero, quello, che lui non avrebbe mai chiarito.

Tornò.

«E i Venier?» le chiese stappando la birra e versandogliela nel bicchiere. Per sé, acqua.

«Il Venier: soltanto Marco era rinato. I suoi genitori erano molto scettici, riguardo sia alla setta sia alla relazione con Mariastella. Eppure, non ha idea di quanto fossero teneri, quei due».

«E la contrarietà dei genitori non assunse mai forme, come dire...?»

«Violente? No. Un giorno Vasco Venier venne a parlare con il Maestro a muso duro, ma quando si salutarono sembrava molto più tranquillo, si era calmato. Non mi stupisce, c'era chi avrebbe dato l'anima per baciare la terra dove camminava il Maestro. Altro non so».

«Sa però se Mariastella lavorasse anche presso altre famiglie?»

«No. No nel senso che no, non lavorava per altri. Studiava, e quel lavoro di babysitter dai Dorigo era perfetto, l'occupava solo al mattino, lasciando liberi i pomeriggi per preparare gli esami, per lei era più che sufficiente».

La Biason, contrariamente a Marco Venier, non frequentava l'università di Venezia: le bastava meno di un'ora di treno locale per raggiungere la facoltà, in un altro piccolo capoluogo di provincia. Data l'irregolarità di frequenza, da parte sua, gli inquirenti, all'epoca, avevano escluso dai sospetti una possibile occasionale conoscenza fatta in treno o in facoltà, ipotesi poco conciliabile, del resto, con la cronometrica dinamica del delitto.

«E i Dorigo erano ortiliani?»

«No, loro no».

«Secondo lei, vorranno parlarmi?»

«Non ne saranno entusiasti, ma in fondo, alla fine, perché no? In qualche misura sono anche loro vittime».

Il cielo, fuori, sembrava un grigio cielo d'Olanda, grigio eppure luminoso. Mosso dai venti. Nella campagna brillava l'insegna al neon di una pizzeria, I maxcalzoni.

«Ma cosa facevate, esattamente, voi ortiliani?»

Il corpo stanco, grigio, sfatto, assediato da un sentimento di resa, il donnone lo studiò di sottecchi, poi, a mezza voce: «Più facile dire cosa non facevamo. Non facevamo orge, non pregavamo strane entità, non compivamo sacrifici umani. Sa, in fondo eravamo molto più vicini alle scuole di yoga, la consapevolezza di sé, il respiro come via di conoscenza, il soffio vitale, lo zen. Superare i sensi di colpa e gli egoismi per ritrovarsi nel cosmo. Oltre questa cosa che chiamiamo vita, e che rendiamo un nulla. Che cos'è questa vita? Che cos'è questo nulla? Per questo avevamo i nomi della rinascita. Tutti nomi precedenti e rigorosamente estranei ai monoteismi, alle tristi religioni del peccato e della fede».

Alle note leggere di *I Shall Be Free* subentrò il silenzio.

«E ora? Gli ortiliani, ora?»

«Non li frequento, quelli. Non mi abbasso alla loro altezza. Quelli, nulla a che vedere con il Maestro e con noi, quelli sono una specie di Rotary, no, di Ruttary: affari e intrallazzi con le bacchette d'incenso. No, grazie, io sono altrove. Ho altri pensieri, altre domande da farmi». Lo sfatto corpo grigio sembrò tremare per nuovi improvvisi interni crolli. Accese una sigaretta: «Ma lei è sicuro che siamo soli nel cosmo?»

Si orientò: era a occidente, ma molto a sud rispetto alla piazza del Duomo. Molto, s'intende, per le distanze di Brassanigo. Tra poco avrebbe fatto buio. Tanto valeva tornare in albergo, chissà, forse il concierge avrebbe sganciato qualche aneddoto locale su quella società perbenista e carnale, formale e volgare, una società che, aveva detto la Pinotti, annullava la vita. E cos'è, questo nulla? Denaro, e successo, e potere. Nulla, a ben vedere, nulla.

Eppure, non era lì, lui, per un gioco di potere?

Una casa d'angolo, in pietra, puro Medioevo, ospitava in una nicchia una statua rossastra smangiata dal tempo, un corpo informe, il cui ventre sembrava partorire dolore. Un ricordo, improvviso. Un aneddoto truce narratogli da Fiorenza, anni prima. Nel 1557 in Inghilterra una donna condannata al rogo partorì tra le fiamme: il neonato rotolò a terra lungo la fascina, e gli spettatori, inferociti, lo ributtarono tra le fiamme. Forse, pensò, è per questo che gli inglesi chiamano Bloody Mary quella che in Vaticano chiamano Maria la Cattolica. Ma con la Grande Elisabetta, si disse, non sarebbe andata diversamente. Cos'è questo nulla che abita coloro che scelgono sempre la tenebra?

L'umore migliorò leggendo una targa d'ottone, venti metri più avanti: *Dott. Nicola Strazza Pollastri - Specialista in Medicina dello Sport.*

Il dottor Nicola Strazza Pollastri sapeva tutto delle manifestazioni patogene nella pratica sportiva, alluce del tennista, spalla del nuotatore, capezzolo del podista e gluteo del maratoneta non avevano segreti, per lui. Chissà se si occupava anche dei corsieri di Razza Piave. Però, Melis lo sentiva sulla base di una lunga esperienza, i due amanti della Pinotti non avevano nulla a che fare con l'omicidio Biason.

Estenuato, il mondo si abbandonava alle tenebre come in un paesaggio giapponese, quando al tramonto lanterne sbocciano come fiori. Sull'edicola accanto a una chiesetta romanica, un annuncio mortuario:

Improvvisamente è mancata al nostro affetto Camilla. Patrizia e Filippo, inconsolabili, ne danno il triste annuncio. Gli zii Elena, Emanuela, Alessandro, Antonio con i cugini Francesca e Federico si uniscono al cordoglio dei genitori per la dolorosa prematura scomparsa dell'amata Camilla.

Di fronte, l'insegna luminosa di una gelateria prometteva, azzurro su bianco, *la crème de la crème*. Chissà se anche Camilla si era fatta cremare.

«Sì, no, cioè: fa domande ma secondo me non sa nulla di noi, della gente di qui. Come? Non sai se chiudergli le porte in faccia sia la miglior politica per noi? Per me, sì. Poi, altri non so. Come? Vede il Bratti domani? Sì, sì, ma lui sa come condirlo via. No, io dico i mariti. Ma certo che non ho niente da temere, quanto sei idiota! E nessuno di noi sa chi deve veramente temere. Però, dico io, anche Malighetti a dargli corda! Sì, capisco, colleghi, ma la cosa non mi piace neanche un po'. Sai che bella pubblicità. Oggi, poi, con la crisi che fiocca! No, non della fiocca, non la crisi della fiocca, idiota, ma perché devi sempre essere volgare? È la crisi che fiocca! La crisi! Ma te lo vedi, Biesuz, se quello va a sfrucugliare la Audrey? Sì, sì, lo so anch'io che la Audrey sa difendersi, però... Ma senti, ma tu che puoi, fallo cordialmente chiamare da Rachis, no? Come, perché? Che ci sta a fare, sennò, un vicequestore, a Brassanigo?»

L'ingegner Dorigo chiuse la telefonata. Marina... se l'era passata anche lui, quand'era giovane e carina, con quell'aria da indianina metropolitana. Se l'erano passata in tanti, prima che diventasse un vagone della metropolitana, Marina. Ma lui no, lui non dopo il matrimonio. Ma perché Marina aveva incontrato quel ficcanaso? Avevano impiegato anni, lui ed Elisa, per tornare a uscire di casa senza la paura di rientrare. E adesso, di nuovo, rivivere l'incubo di quei giorni? No.

«Dove sei?» la voce di Elisa, appena rincasata.

Dalla tana di Claudio, ormai in quinta elementare, martellava qualcosa che doveva essere una canzone: *L'umore è un'altalena tu non sei tipo che arranca e l'amore in altalena bello farlo e non ti stanca e se ti sfoghi nada problema poi non ti droghi sei mica scemo ma il Natale ti fa male e se tu ti guardi dentro vedi solo che sei spento e allora muovila questa natica chiudila questa pratica dài che la vita è bella succhia la caramella perché noi siamo tutti teledipendenti Sanremo è il santo degli stupefacenti* ritmava ossessivo dal walkman un biondino che di lì a poco si sarebbe fatto un nome.

Sì, l'ingegner Dorigo se lo sentiva, sarebbe venuto il momento che Claudio gli avrebbe chiesto: «Pà, ma chi erano questi Beatles?»

Il ristorante, suggeritogli dal concierge, si era rivelato eccellente. Pieno di gente ma non rumoroso, elegante ma con misura, e con un pubblico vario, la Brassanigo bene, certo, ma anche stranieri forse collegati al Festival musicale, sicché Melis aveva potuto ghermire qua e là stralci di conversazione.

Antipasto: granseola alla veneziana.

Due uomini di mezza età vestiti *en artiste*:

«Vede, per noi di teatro il trucco è lo stile».

«Giusto. Lo stile è il pensiero, diceva Joubert».

Marito e moglie sopra i cinquanta, sportivi e rilassati:

«Lei sostiene che si tratta di gioielli di famiglia».

«Ma per favore! Da quando in qua ha avuto una famiglia, quella?»

Mulatta debordante dall'abito multicolore rivolta a un giovane orientale in nero:

«Estou retornando a rever realmente me encantou muito, irei divulgar ao meus amigos. E voce tem um excelente gosto....»

A seguire: mormora con radicchio alla piastra.

Direttore di banca anziano a imprenditore o libero professionista di una decina d'anni più giovane:

«Si figuri che all'esame di istituzioni di diritto privato molti universitari non sanno rispondere alla domanda su cosa sono le obbligazioni emesse dalle società quotate. Poi, non ci si deve stupire se, al momento di investire la liquidazione, nove italiani su dieci si fidano dei consigli di un impiegato di banca. E fortuna che le banche italiane vivacchiano grazie al risparmio, perché, se ci fosse una crisi tipo 1929... Sa, gli italiani saranno anche conservatori e pazienti, però, come diceva Machiavelli, gli uomini dimenticano più presto la morte del padre che la perdita del patrimonio».

Le mogli dei suddetti, in conversazione parallela:

«Io per l'inaugurazione ho deciso. Vestito lungo a manica corta con corpino in velluto nero e gonna in chiffon nera e verde smeraldo».

«Anch'io sarò in nero: un monospalla in seta lucida e opaca con motivo a fiori tinta su tinta e un giacchino Yves Saint Laurent in crêpe di seta senape».

Due signore settantenni, non secche ma come disidratate, e dall'aria molto, molto intellettuale:

«Stamattina, al mercato di piazza delle Erbe, mi accosto a una bancarella dove compro la pastinaca, che tengono solamente loro. Purtroppo, prima di me arriva Alma Fioccadori, e sai quant'è odiosetta, con una lunga lista di acquisti. Aspetto paziente. Tra le altre cose, desidera due verze piccole: ce ne sono soltanto di grandi e lei chiede di scartare tutte le foglie esterne per avere soltanto la palla interna, piccolina. Con mia sorpresa, il verduriere obbedisce, e butta a terra le foglie grandi. Poi, consegna a domicilio, e per una Fioccadori lui si sdilinquisce. Scena bruttina, insomma. Arriva il mio turno, chiedo la verdura che desidero e poi gli dico: "Mi dà anche quelle splendide foglie esterne della verza che, com'è noto, sono le migliori in quanto le più verdi e pertanto ricche di..." Mi guarda come una pezzente, però me le regala, e così mi son mangiata uno squisito riso con più di tre etti di verze. Potrei vantarmi di aver impartito al verduriere una buona lezioncina di ecologia, se non fossi certa che ho prontamente preso il posto delle verze tra il pattume della sua disistima».

«Cara mia, la plebe è snob e ama chi la vessa. Sennò come potrebbero, i conservatori d'ogni specie, vincere ovunque le elezioni? Tu agli occhi del fruttarolo del mercato delle Erbe – e già mi chiedo cosa ci sia qui di più snob del mercato delle Erbe – sei una morta di fame. Io, comunque, cambierei esercente».

«E rinunciare alla pastinaca?»

«Anche al sìsaro e alla rutabaga, se necessario».

Dessert: spuma di pere e rabarbaro.

La coppia oltre i cinquanta:

«Come diceva Onassis, i soldi fanno parte della sua personalità».

«Sì, però è bravo: uno dei pochi architetti italiani di livello internazionale».

«Però a me il progetto non convince: un fiume è un fiume. E il Goravizza non è la Senna».

Ah, le città di fiume: Fiorenza le preferiva quasi alle città di mare. E Milano, diceva sempre, aveva la sua segreta ONLVS: Olona Nirone Lambro Vettabbia Seveso, i fiumi di Milano. Fiumi invisibili, fiumi avvelenati, sotterranei fiumi di morte come l'Acheronte e lo Stige. Il Seveso, il Lambro, gonfi di schiume rosazzurre o lividi d'oleosi gorghi verdastri. Pensare che ci vuol così poco, coi fiumi: persino Bilbao, persino Sarajevo, senza stare a scomodare Roma o Parigi. Parigi. E la ragazza nera, tanti anni prima, nell'ampia chiarità di Parigi, sotto un cielo smaltato di sole e veloce di nuvole, e lui ventenne, e l'elegante ragazza nera dallo smagliante sorriso e dall'inatteso *au revoir* colmo di leggiadria sofisticata e lieve... Ah, basta, basta così, si disse. Però, è vero, un fiume, o il mare, e una città normale diventa affascinante. Come quando, anni prima, tutti i Melis riuniti nella vecchia casa di Genova per un funerale, uscita in terrazza nella tersa mattina di febbraio, mare color zaffiro e colline innevate scintillanti al sole, Fiorenza aveva osservato con asciutta, svagata perfidia: «Per fortuna i tuoi non sono della Bassa».

Il ristorante si era quasi svuotato.

Il proprietario si complimentò per la scelta del vino e gli offrì – una grappa? E perché no?

Il signore si era trovato bene? Sì? Ed era in città per lavoro?

Ah, un libro... sul caso... sì, sì... il noto caso.

«Ma allora si fermerà per un po'. Dove alloggia?»

Si destò: era alta notte. Silenzio. E lui era lì, in un posto dove non avrebbe mai pensato di andare. Per cosa? Per scagionare uno nemmeno sospettato. Per la giustizia? Forse, sì, anche. Ma, più, per i giochi del potere. Per la politica. La politica è come allenare la Nazionale di calcio, tutti quelli che non la fanno sono convinti che la saprebbero fare meglio.

E lì? Lì a Brassanigo? Lì, Bratti, gli ortiliani, la povera morta, l'unica per la quale meritava fare giustizia, dare un nome al suo efferato assassino. Ma come?

Non c'erano conigli da tirar fuori dal cilindro, e nemmeno cilindri, lì non c'era che andare di vanga e sloira. In più, poi, quel sogno assurdo! Il sogno che lo aveva appena svegliato. Era, con tutti i suoi, tutta la sua squadra speciale, da Iurilli a Lambiase, al tavolo di un ristorante affollato e rumoroso. Stretto in un mezzo tight. Deve andare in bagno, e poiché quelli di Maschi e Femmine sono entrambi chiusi, va in quello con scritto Sposa. «Sì, sì, ridi, ridi» mormorò all'ombra. «Vuoi sapere come continua? Bene. Entro, e dal soffitto pendono appesi a uno stenditoio tutti i capi di un abito da sposa, sospesi sopra il water.

Va bene. Faccio pipì, ma mi accorgo di essermi bagnato sia boxer sia pantaloni. Li sfilo, e indosso le mutande di pizzo rosso della sposa, smandrappate in modo da lasciare scoperto il gluteo sinistro, e la sottogonna dell'abito con strascico, bianca a grossi pois rossi. Così abbigliato, sento le note della marcia nuziale di Mendelssohn, e d'un botto capisco che la sposa dalla sala ristorante sta venendo lì per cambiarsi. Lascio la sottogonna sul water, esco di corsa, in giacca nera, mutande di pizzo rosso pendenti dal gluteo sinistro, calze lunghe nere e scarpe nere, e mi rendo conto che non posso tornare in sala così. In quella, dal bagno Maschi esce un prete in clergyman, gli strappo i pantaloni – a occhio troppo stretti e lunghi per me – lo spingo verso la porta dalla quale deve entrare la sposa e mi chiudo in bagno. E mi sveglio». Fissò il soffitto, pallido nella luce diffusa che entrava dalla finestra. «Cosa ne dici? Qualcosa o qualcuno ha risvegliato il femminile che è in me? Di che farne un filmino surrealista alla Buñuel in tempo reale, in ogni caso» borbottò. «Comunque c'è del buono, era un sogno. Da tre anni non ho più sogni, ho solo incubi».

Da tre anni: una foresta antica, mai violata da scure, e tre chiostre di denti di drago. Vuoto, oscurità, silenzio.

E all'improvviso, l'ombra svanita nell'ombra, si sentì stanco infreddolito e solo.

Prima sognò tutte le sue lacrime, poi si addormentò piangendo tutti i suoi incubi.

Brassanigo, venerdì 11 novembre 1994

Villa Dyhana (qualcosa suggerì a Melis che quel nome non aveva nulla a che fare con la vergine dea notturna cacciatrice) sorgeva su quello che doveva essere stato un castelliere a meno di un chilometro a nord di Brassanigo. E forse proprio per ricordare quel passato il muro perimetrale del vasto giardino – così ampio che a Milano si sarebbe chiamato parco – era composto di grezza pietra grigia a blocchi irregolari ma perfettamente connessi. Oltre, si vedevano soltanto svettare il grigiazzurro dei cedri e il nero degli abeti.

Appena suonò, il cancello si aprì: un uomo – età indefinibile, atletico, nessuna parola, veste nera – lo guidò attraverso la vegetazione, seguendo la traccia irregolare di grigie beole incassate nel verde. Vi era, nel colore nella forma e nella disposizione delle piante, un forte senso di pace, reso meno irreale dai canti degli uccelli, invisibili ma presenti. Immersa in tutto quel verdazzurro, la grande proprietà che da ogni lato celava la villa sembrava una valle incantata sfuggita alla Modernità. L'ampio giardino, le sue piante centenarie e sempreverdi, contribuivano a questa sensazione.

Qua e là, grandi lanterne in pietra di foggia orientale, uccelli dai lievi colori e tutto sembrava intriso d'acqua, come se la verde miccia delle piante essudasse in trasparente vita. Ma era, ovviamente, la pioggia della notte che ancora riluceva su rami e foglie.

Anche l'edificio in sé non aveva nulla della villa veneta: nulla di palladiano, nulla di rinascimentale, nulla di settecentesco. Nulla di socievole e mondano. Sembrava una solida meditazione chiusa su sé e a sé bastante. Pietra, legno, cristallo. Doveva essere, si disse Melis seguendo le orme dell'uomo i cui muscoli sodi guizzavano sotto la moderna versione di kimono, quel che restava di una casaforte medievale, grigia di grigie pietre locali, che un architetto di genio aveva integrato con forme semplici e audaci – bastavano le grandi finestre centinate ad arco ribassato, dai potenti infissi di esotico legno scuro, ad attestarlo. Pietra, legno, cristallo.

Quattro gradini portavano all'ampia veranda, dove un uomo vecchio, bello, alto, asciutto, avvolto in un'elegante tunica grigiazzurra, attendeva: alle sue spalle, tanto era profonda la veranda, sospeso tra due enormi sostegni dello stesso compatto legno degli infissi, un enorme gong, no, non un gong, un sole, perché ora che l'astro usciva timido dalle nubi, ecco, si andava arrossando come un suo figlio in terra.

«Perdoni se non sono venuto a riceverla al cancello».

«Non deve scusarsi» replicò Melis. Nessuno dei due aveva teso la mano. «Del resto, la visione di lei con questo sole alle spalle...»

«Oh» disse Bratti, «è onice rosso» e con un gesto lo indicò facendosi da parte. Il disco, valutò Melis, aveva un diametro superiore al metro, era sottile, ricavato da un unico blocco. «Vede come arde? Richiama e racchiude il calore del sole, e noi, accanto a lui, ne beneficiamo». Lo contemplò alcuni secondi, intensamente, poi: «Ma entriamo».

Sì, era vecchio. Ma dritto e saldo, e bello di una bellezza perversa, e in pace. Con sé? Col mondo? Con il Tutto? Però era vero, si disse Melis, Bratti emanava una forza e un fascino, una particolare bellezza e una silenziosa autorità ch'egli raramente aveva avuto modo di percepire in un altro essere umano.

La grande sala, ampia, luminosa della soffusa luce del giorno, colori tenui esaltati da singoli stacchi – un grande paravento giapponese cacao e oro; un Buddha ad altezza naturale, che, più vivo dei vivi, avanzava dalla cuspide di roccia in cui era stato appena sbozzato, recando compassione e pace; una Vesperbild gotica che sembrava concentrare in sé tutto il dolore del mondo – e, come un'eco lontana, che si poteva cogliere solo ascoltando il silenzio, la melodia di un flauto giapponese.

Nella sala, una donna. In piedi. Controluce.

Melis sussultò, chiuse gli occhi. Dolore per ciò che era così vicino eppure perduto per sempre.

L'alba dei sensi. Un mondo liquido intorno e dentro a sé. E il buio, un buio buono e caldo come un abbraccio. Così Narciso scende in fondo allo stagno. E poi, la luce. Forte, fredda, improvvisa. La luce. La luce.

Aprì gli occhi. Fiorenza – ma già, non poteva essere Fiorenza, quella donna. Fiorenza era morta. Eppure, le assomigliava moltissimo. A Fiorenza, che: *Sii tutto in ogni cosa. Metti ciò che sei / nel minimo che fai. / Così in ogni lago la luna brilla / tutta, perché vive in alto* gli aveva detto, recitando Pessoa, poco prima di morire.

«...Nereo Mani, e lei, signor Mani, è Greta Stackelberg».

Si riscosse, strinse con un lieve inchino la mano, bella delicata e forte, che la donna porgeva.

«Lei parla un italiano perfetto» le disse. «Al telefono non ho colto la minima traccia di accento».

«Lo parlo dalla nascita» spiegò lei, serena e distante. «Mia madre era italiana, Elisa Faccincani, una arpista».

«Cognome antico, che riesuma il ricordo di Facino Cane, il condottiero veneto del Trecento».

La donna si limitò all'ombra di un sorriso.

Si sedettero in poltrone tanto bizzarre quanto comode.

«Lei è nato in Russia, vero, signor Bratti?»

Lo sguardo di Beniamino Bratti aveva una presa lieve ma tenace, come fili di ragno.

«Se l'ho invitata qui» disse, mentre un altro uomo in kimono nero serviva un tè fragrante con due coppette di alchechengi e di noci sgusciate, «è perché vorrei evitare le notizie imprecise quando non fantasiose su me e sulla mia creatura».

«La sua creatura?»

«Ortilio, il mio ricovero per l'insoddisfatta tristezza di quelle anime irrisolte, arrestatesi a mezzo nel loro sviluppo, incapaci di creare qualcosa eppure desiderose di farlo, velleitarie deboli e irrequiete». Il suo sguardo era limpido. «Il monoteismo è un errore, un tragico errore. Un Dio non è mai solo. La vita è carne, non ossa, e la maggior parte dell'umanità si nutre di cenere, non di fiamma».

«Ma da dove viene questo nome, Ortilio?»

Bratti schiuse appena le mani:

«Ortilio fu un antico geografo che parlò dei Pyraci, popolo ignoto stanziato presso una palude che s'infiammava se asciutta. Fenomeno dalle cause oggi ben note, ma allora stupefacenti. E la nostra interiore palude, quando si bonifica, s'infiamma? Talvolta sì».

«Se ho ben capito, lei offriva una terapia preventiva. Terapia spirituale, s'intende».

Il tè era il migliore che Melis avesse mai bevuto.

«Offrivo ricovero e un percorso verso la consapevolezza. Sentirà dire tante sciocchezze ma si scordi di raeliani o di Hare Krishna, non pensi alla panspermia e ai maestri invisibili o a stupidaggini come il vril e le forze inesplorate dell'irrazionale. Sì, verrà un tempo, tempo più prossimo temo di quanto lei non creda, in cui l'umanità tornerà a concepire i rapporti sociali in termini di pensiero magico e forza bruta, ma per il momento gli anticorpi alla mistica nazista sono ancora forti». Lo contemplò: «Capisce, vero, di cosa sto parlando?»

Gli Hare Krishna... Melis rivide sé stesso e Fiorenza, davanti a quel bugigattolo d'antiquariato in rue de la Parcheminerie a Parigi, dopo un crudo di mare e Muscadet, e lei piccata a spiegargli che essere pessimisti e stoici non significa essere egoisti come - appunto - gli Hare Krishna, ma compassionevoli verso ogni creatura. Mistica nazista. Cercò in ricordi lontani:

«Il Sole Nero, la Terra Cava...»

«Bravo: l'armamentario dell'esoterismo nazista. Gli Ariani. Ma lo sa che il vril fu inventato di sana pianta come equivalente del Verbo, o se preferisce dello Pneuma, del Ch'i, dell'Akasa, dall'autore degli *Ultimi giorni di Pompei*, sì, il romanziere Bulwer Lytton?»

«Quello di *Era una notte buia e tempestosa*?»

«Sì, lui. Perciò, si figuri, il vril...»

«Che è anche magia sessuale. Ma, già: ariani, acquani, terrani e fuocani».

Il duplice sorriso di Greta e Beniamino, un sublimato di ironia.

«Già. E qui, ecco le voci su pratiche più o meno iniziatiche». Lo fissò con infinita pazienza. «Oh, il grande mistero del Tutto... Io dico "sezione aurea", e lei pensa a Euclide a Fibonacci e all'uomo di Vitruvio... Ma dal microcosmo al macrocosmo, ecco, lei la ritrova nella fillotassi delle piante, nelle spirali delle pigne, nella tela del ragno e nella conchiglia del nautilo, nell'ampio serrare del falco sulla preda e nella curva avvolgente e mortale di un branco di barracuda. Certo, l'hanno usata gli uomini nella pittura e nella musica, e nelle proporzioni degli edifici come in quelle di una pagina di libro, ma questo ci meraviglia meno dell'apprendere che le masse d'aria calda salgono al cielo secondo una identica spirale logaritmica, e che nelle gelide e oscure profondità dell'universo la nostra galassia e con essa ogni più sperduta galassia viaggiano secondo la stessa sequenza matematica verso quel punto misterioso dei cieli che gli astrofisici chiamano l'Occhio di Dio, il Dio che secondo Platone ha intessuto con l'aureo dodecaedro il misterioso disegno delle costellazioni».

Sul caminetto sei o sette foto di diverso formato fermavano, nelle varie età della vita e in momenti diversi fra loro – un giardino, i grattacieli di Manhattan, a cavallo su un campo da polo, in vela, festeggiata da amici e parenti – una donna di grande bellezza e regale portamento. Ogni suo gesto, anche il più semplice, anche il più quotidiano, si disse Melis studiandola, sarebbe stato in grado di stupire il mondo. Vi sono donne, pensò, che rendono possibile questo miracolo. Il vecchio colse subito lo sguardo di Melis, e sembrò apprezzarlo, come un silenzioso omaggio che lo straniero reca all'augusta castellana. «*Et vera incessu patuit dea*... Ricorda? Quando Venere si palesa a Enea. Grande, Virgilio. Ma riuscii a capire tutta la forza di quelle parole soltanto quando vidi per la prima volta colei che sarebbe divenuta mia moglie». Sospirò. «Sì, non ne avevo mai colto pienamente il senso finché non la vidi, quell'estate lontana, venire verso di me lungo la sala dei fiamminghi. Si era giovani, cinquant'anni fa. E così ancora la ricordo».

Era stupefacente come parlasse liberamente della pittrice defunta – sua moglie? – in presenza della viva convivente. E rimarchevole l'assenza di ogni ricordo dell'altra moglie, la bella Gala alias la Bisteccona argentina.

«Del resto» riprese Bratti, «che cos'è il tempo? In Asia, poi, dove lo spazio si misura in parasanghe e gli evi in campate di millenni! Le sarà capitato di dare un appuntamento a un orientale, e scoprire in tal modo, il modo più banale, che la natura del tempo per loro non ha limiti e non ha confini. Era così anche per noi, nell'età mistica del Medioevo. In Ladakh chiesi quanto dovevo cuocere un cibo mai visto prima: "il tempo di tre sigarette" mi rispose il contadino. E il Messisbugo non dice che le uova in camicia van cotte "il tempo di un pater noster"? No, gran parte degli orientali ignorano il tempo, sono troppo proiettati verso l'Eterno per calcolare questo continuo fatale trapasso da un'ora all'altra sino al momento in cui le ore non avranno più senso perché non le potremo più contare».

«Lasciare il visibile per l'invisibile: non è anche un proficuo commercio?»

«Per i cialtroni sì, non lo nego. È così facile falsificare la realtà invisibile! E non tutte le verità si misurano con il metro della scienza sottoponendole al principio di falsificabilità di Popper. Potrei ricordarle le tavole damascene di al-Khawarizmi, o il concetto di insignificanza in rapporto alla calligrafia araba».

Le tavole dama... sceme? di chi?

«Indubbiamente lei sa come divagare: torniamo alle voci sulle pratiche degli ortiliani».

«Mi creda, non sono uno che muore d'importanza: se avessi voluto il potere sui corpi o sulle anime, ora questa cittadina sarebbe mia. E se avessi compiuto atti nefandi o anche soltanto moralmente riprovevoli, ora non potrei vivere qui bastante a me stesso. Non ho accumulato ascendente in settori pratici della vita, né materiale ricattatorio. Non creo giri d'affari, né macino business e potere come fanno tante sette. So che in città c'è chi sfrutta quel nome, Ortilio, ma io vivo del mio, e con Greta lavoro a un libro, aspettando quella che per noi mortali è l'ultima visitatrice».

«Parla del nuovo cenacolo?»

Bratti alzò il palmo in fuori ad excludendum: «Quelli, direbbe un lama tibetano, sono cilimpà, estranei a me nel mondo e nello spirito».

«Un libro su che cosa?»

Anche gli alchechengi erano molto buoni.

«Un libro sul Nulla, il mondo delle cose che potrebbero essere e non sono. O, più esattamente, sul concetto di Vuoto. Pensi al concetto di vuoto nel buddhismo: il sunya non è il nostro nulla, ma lo spazio carico di possibilità al fondo dell'essere eterno e immutabile oltre le mutevoli apparenze del mondo fluttuante, E, del resto, pensi ad architettura musica danza canto: il vuoto, il nulla è l'indispensabile atto di sospensione che accompagna il movimento, il flusso. È necessario al tutto. Tutto inizia col Nulla e si conclude nel Nulla. Cosa vi è di più intangibile del Nulla?»

Aveva ragione il suo maestro di judo, pensò Melis fissando Bratti: tutto il potere si concentra nello sguardo.

«E a che punto è, nella stesura?»

«Per ora ho composto un'imponente bibliografia. Che cos'è la bibliografia? Potrei rispondere con Malclès, l'arte di scoprire i libri dei quali si ignorava l'esistenza». Sorrise: «Il Talmud afferma che prima della creazione del mondo esisteva una vasta biblioteca. Il Corano conferma che esiste e che esisterà, in eterno. Stando ai Veda, esisteva già prima che il Creatore creasse sé stesso». Sospirò lieve. «Questa biblioteca già freme nei fantasmi delle epoche venute prima del libro. Era il tempo delle aurore boreali, quando gli astri scrivevano parole di sapienza ermetica, e le costellazioni opere di luminosa saggezza».

Melis lo fissò per qualche istante: quell'uomo sapeva come confondere. Poi:

«Ha parlato di anime irrisolte: cosa mi può dire a proposito delle persone coinvolte nell'omicidio di Mariastella Biason?»

Bratti sembrò considerare le proprie mani:

«Non intendo parlare nello specifico di nessuno fra loro. Posso dirle che oggi sono persone risolte, mentre quando vennero fra noi erano irrisolte. Badi bene, dico risolte, non risvegliate. Risvegliarsi è il primo passo». Lo fissò: «Non pensi a me, la prego, come a persona di rare perfezioni e miracolosi poteri. Non occorrono per guidare lungo i meandri inesplorati ignoti alla viva luce della coscienza razionale ove operano, incomposte e contraddittorie, forze possenti che sono al fondo della nostra individualità. Le tecniche da me apprese schiudono la via, illuminano il viluppo che allaccia mondo fisico e mondo psichico. Immagino lei sappia abbastanza di yoga, lo yoga del sogno e del corpo illusorio, per capire cosa intendo: i corpi sottili, il risveglio di Kundalini. Il potere assorto latente nell'assoluto secondo lo Shivaismo kashmiro, che è una corrente del tantrismo induista. Ma al risveglio deve seguire il riconoscimento di sé. E questo può essere socialmente pericoloso poiché, naturalmente, esistono anche valenze di segno negativo». Guardò oltre i vetri: «Così, se è miserabile vivere prigionieri del mondo transeunte ed effimero, la visione del tutto compressa in istante è, in un certo qual modo, capace di uccidere».

«Cosa vuol dire?»

«Che il problema per molti, vorrei dire per i più, è trovarsi, riconoscersi. Il *conosci te stesso* delfico, il *tu sei quello* vedico: l'essenziale. Ma non sempre questo può essere piacevole o positivo. Però resta l'accesso alla consapevolezza. Prima le ho parlato di fantasiose menzogne: consideri quanto spesso noi preferiamo credere all'irrazionale. E, anche qui, c'è irrazionale e irrazionale. Ciò che è sepolto in noi parla, usa un linguaggio oscuro ma ci parla. Lo spiega bene l'antico racconto indiano del re e del cadavere. Però quello fra inconscio e consapevolezza è un crinale ben stretto. Un filo di lama. Il ponte a fil di spada superato da Lancillotto. L'eccesso di razionalità può inaridire l'umiltà e ottundere la sensibilità, doti necessarie a cogliere le voci del nostro io più profondo: i sogni davvero importanti si ricordano, non crede?»

«Sì». Anche se avrebbe voluto aggiungere: io non ho più sogni, ho solo incubi.

«Ma l'eccesso di credulità verso ciò che è irrazionale è molto più pericoloso. Chesterton ha detto che quando si smette di credere in Dio si è pronti a credere a tutto. Ma quand'è che gli idoli si fanno Dio?»

«Quando una setta si fa religione, vorrà dire» corresse Melis.

«Quando l'irrazionalità non è né potrà essere spiritualità? Si ricorda di Gef, la mangusta parlante?»

Melis scosse il capo: no, non ricordava. Gef?

«Inghilterra, anni Trenta. In Europa montava il nazismo e sull'isola di Man, l'isola dei gatti senza coda, in una casa di contadini si materializzò una mangusta parlante. Disse di chiamarsi Gef e di essere uno spirito infero. Perché era lì? Per tormentarli, osservarli e, una volta morti, condurre le loro anime all'Inferno. La storia fece rumore, e fino allo scoppio della Seconda guerra mondiale i più diversi esperti studiarono la cosa senza successo. Lo spirito malvagio si eclissò con la morte del capofamiglia. Truffa? Voce dell'inconscio? E ancora, diverso eppure simile: nel decennio scorso in varie località degli Stati Uniti diversi bambini scompaiono mentre giocano in campetti all'aperto, e subito nasce la leggenda dell'uomo invisibile, dell'uomo ombra, dell'uomo betulla: *It*. Questo bisogno di credere all'irrazionale è pericoloso. Non basta il Male concreto, assai concreto, che corre la terra?»

Melis cincischiò con la pipa nella tasca.

«Vuole registrare?» equivocò Bratti.

«No, no. Ma... chi era, Mariastella Biason?»

Bratti gli affondò gli occhi nella carne:

«Una brava ragazza. Ma una cittadina come questa deve lordare ogni cosa. Anche quella poveretta oggi messa al bando, Gradiva, viene trattata da donna facile e nessuno vede che è vergine». E, allo sguardo stupito di Melis: «Vergine, sì. Non nel corpo, ma nel cuore: il suo cuore, segreto e solitario come quello di Maria Maddalena, è innocente in quanto inaccessibile ai piaceri e alla corruzione della carne. La lunga schiera di amanti carnali non è che pallido, inconscio succedaneo dell'Amore, il dio che sopra il mondo scende dall'Empireo, e fa di terra cielo».

E bravo, l'*Andrea Chénier*. E intanto mi comunichi che la Pinotti ha una lunga schiera di amanti. Bravo, proprio bravo, pensò Melis, e chiese:

«Ma se dovessi spiegare, nel libro, cosa si faceva durante le vostre riunioni?»

«*Cogito ergo sum*. Penso, dunque sono. Ma per quanti la vita non è che un *Ich sterbe, also bin Ich*, un Muoio, dunque sono? Conoscere sé stessi non è da tutti, e questo faceva Beniamino: donava gli strumenti per conoscere sé stessi, il nostro vero Io» intervenne Greta.

«La buona manutenzione del nostro involucro carnale è importante» disse Bratti, «ma oggi in Occidente il corpo, troppo curato, troppo nutrito, soffoca lo spirito che racchiude. L'involucro non può essere più importante dell'involto. Meditazione e terapia, ogni genere di terapia indiretta. A una delle iniziate, incapace di empatia, consigliai di avvicinarsi ad altre creature viventi: ai cani, e fu un risultato eccellente».

«Puoi dirlo» convenne Greta. «Oggi quella signora è felicemente sposata, ha finalmente avuto due gemelli e stravede per i suoi cani. Anzi, sarebbe più esatto dire le sue cagne. Pensi, quando a una di queste si interruppe il calore, per giorni la prese in braccio, dovunque fosse, anche per strada o al bar, annusandole il sesso per accertarsi che non avesse infezioni. Certo, banali ideali domestici per un Io banale, ma la maggior parte delle persone è banale e si accontenta di questo. Detesto ciò che è banale, ma è sempre meglio di un'insoddisfazione piagnucolosa e inconcludente».

Melis ne profittò per studiarla meglio. Una signora, una vera signora. Una signora fiera e triste, fiera d'essere stata bella, triste per la fine del suo mondo, ma consapevole di un'altra, più assoluta fine. Questo forse spiegava quella sorridente distanza.

«Come ho detto, non sempre la soluzione ha il segno più: solo i cialtroni, che tra i sedicenti maestri sono tanti, illudono ciascuno di essere una rosa. Poi l'Io sboccia e si rivela un maleodorante fiore di plumeria» chiosò Bratti. «Lo ammetto» sorrise disarmante, «anch'io vivo della mediocrità altrui ma non prometto rose».

«Meditazione e terapia» concluse Melis.

«Sì: respirazione, yoga, silenzio, e tutto ciò che serviva a ognuno. Cose molto semplici, in fondo, mi creda».

«E perché i nuovi nomi?»

«Come in ogni rito di rinascita».

«Non si trattava di correggere uno squilibrio, ma di indirizzare la conoscenza. Dalla vita morta dei più a una morte viva, uccidere il nostro vecchio Io per rinascere in una completezza» chiarì Greta.

«E perché pagani?»

«La fede è una brutta prigione. La richiedono soltanto le tre sedicenti religioni del Libro, i tre monoteismi mediterranei. La fede è una brutta prigione» ripeté Bratti.

«Su di lei si sono dette molte cose».

«Già. Forse perché ho parlato poco della mia vita, e non mi sono curato di darne puntuale cronaca».

«Vorrebbe farlo per me?»

«Sono nato in Russia allo scoppio della Rivoluzione. Mio padre era musicista, lavorava all'Opera di Odessa. Fu facile imbarcarsi su una nave francese per Istanbul, e da lì per mare a Napoli. Poi, in treno, a Torino». Lo contemplò con blanda curiosità: «Lei ha convinzioni politiche, signor Mani?»

«Vorrei saper essere come Mario Pannunzio diceva di sé: progressista in politica, conservatore in economia e reazionario nel costume, a cominciare da come ci si veste e si sta a tavola. Esistono paesi dove le convenzioni sociali sono più radicate della moralità. In Italia, invece, l'una e le altre sono così poco sentite...»

Bratti mosse lieve la testa:

«Capisco. Mi formai nelle scuole gravate dal fascismo. Fui uno studente precoce. Nel 1934 presi la maturità classica, secondo per votazione al Liceo Cavour di Torino. Austera scuola sabauda, il liceo di Einaudi, ma anche, dopo la guerra, di Livio Berruti. In tutto questo, e può non credermi, mi ritagliai alcuni mesi nelle risaie: provare a non essere un borghese. Lavoravo come stagionale alla raccolta del riso: giorni lunghi e uguali con l'essiccatore del riso da controllare, notti insonni a fare il lancio del coltello, e le mondine, e le maestrine del paese, le prime che venivano da fuori, e gli scontri, anche fisici, con i giovani contadini che mal sopportavano uno studente di città, e il ballo del sabato sera nella balera con il tendone e il pavimento in legno, e le rane prese con la lampada all'acetilene e uccise con un preciso colpo in testa per mangiarle l'indomani, fritte. Ma questa è un'altra storia.

L'anno dopo, 1935, mio padre accettò un'offerta dell'Opéra: ci trasferimmo a Parigi. Mi ero iscritto all'Institut d'Ethnologie: la storia comparata del pensiero umano, mitico e razionale. Sotto ogni latitudine, in ogni tempo, l'uomo ha pochi valori comuni profondi. Vero, ma fino a un certo punto. L'americano Charles Randy Gallistel suggerisce l'esistenza d'un comune parametro nel cervello per valutare le grandezze, una magnitudo neurobiologica che fornisce la misura comune per numeri, spazio e tempo. Ma questo vale anche per l'etica? No, e lo si scopre a proprie spese.

Così studiavo, ma per orgoglio mi mantenevo facendo consegne a domicilio per una maison de couture. Piacevo molto alle signore e a me piacevano loro.

Quando aveva una cliente particolarmente difficile Madame Caylus diceva sempre "Fate venir qui Beniamino, così da non perdere la vendita!"

Grande scuola, la maison de couture: nel pomeriggio mi mandavano a fare le consegne nelle case, nelle ville, dove le serve prima, poi le signore appena svegliate dopo una notte trascorsa in società mi dispensavano ampi sorrisi. Apprezzavano la mia gioventù e rimanevano stupite del mio parlare corretto, cosa strana per un fattorino. Alcune spingevano oltre il loro apprezzamento e il segretario di Madame Caylus quando tornavo mi fulminava: "Un'ora per consegnare un abito?" Io glissavo, e Madame Caylus: "Lascialo in pace, le signore apprezzano il servizio" e poco mancava mi facesse l'occhiolino a quel doppio senso smaccato, "tornano da noi a comprare e a chieder la consegna a domicilio".

Fu così che, era estate, coi soldi guadagnati partii un mese intero in treno attraverso il Centro Europa: Zurigo, Vienna, Budapest, Skofie, Spalato, Trieste.

E a Pest il mio viaggio s'interruppe perché, mentre passeggiavo per la città, scoprii per puro caso la pinacoteca. Entrai. Davanti agli occhi mi esplose una collezione di quadri meravigliosa, i fiamminghi mi incantarono più delle clienti di Madame Caylus. Rimasi fino alla chiusura, senza pensare al pranzo. Avevo scoperto le arti figurative. Lì, nella sala dei fiamminghi, conobbi anche una pittrice italiana». Accennò alle fotografie. «Viveva fra Torino e Parigi. Dove tornammo, insieme. Finii i miei studi, scoppiò la guerra. Noi due, cittadini italiani, ci trasferimmo a Vienna. Perché? Non saprei, non ricordo. Si fanno cose, nella vita... So che non volevamo restare in una Parigi occupata dai tedeschi. Irrazionale, senza dubbio, visto che Vienna li aveva accolti entusiasta».

«Non tutti i viennesi» commentò a mezza voce Greta, che versò altro tè nelle tre tazze.

«A Vienna» riprese Bratti, «abitavamo in Gumpendorfer Straße, in un palazzo Biedermeier di fronte ad altri palazzi color pasticcino e ornati di panna. Ai quali si è aggiunto, adesso, lo sferragliare dei vagoni della U-Bahn. In quel tempo, giochi del destino, Greta» la guardò complice, «da Vienna era già fuggita in Inghilterra».

«Sì» confermò lei. «A Londra: stavo in Annes Court, vicino al Regent's Park: alberi e mattoni».

«Poi, la pace. E gli anni Cinquanta. Eh, gli anni Cinquanta! Ma da quel momento la mia vita è nota a tutti».

«Tutta la sua vita? A tutti?»

Bratti ebbe un sorriso paziente:

«Il credente, come lo schiavo e il soldato, non fa domande» asserì pacato, rassegnato quasi. «Ma i giornalisti, sì. È lecito, è il loro mestiere. Per questa ragione costituiscono il terreno di coltura delle reti informali, presenti in tutti i paesi, pensate per realizzare operazioni complesse e delicate. Così, ci sono giornalisti che lavorano per la polizia e altri ancora per i servizi di intelligence. Ma ci sono anche agenti di polizia, o di altri corpi dello Stato, che lavorano per i servizi segreti, poiché sono agevolati dal ruolo che ricoprono. Sono sempre in cerca di informazioni e spesso le trovano presso le banche. Lei lavora per i Servizi?»

«No».

«Secondo me il vicequestore Rachis sì. Bernardi invece è troppo stupido persino per i nostri Servizi, ma chi può dirlo?»

Stava cercando di trasmettergli qualcosa? Ma cosa? L'essenziale è sempre allusivo, disse un antico pittore cinese.

«Un giorno» intervenne Greta, «quando ancora frequentavo Brassanigo, cercai di spiegare a Bepi che a stretto rigor di termine le dittature del Sudamerica imposte col Piano Condor non furono dittature fasciste ma dittature militari contrapposte, sì, a ogni forma di democrazia, anche la più moderata, ma senza tutto l'apparato ideologico delle dittature nazifasciste di Spagna e Portogallo, quelle sì modellate ideologicamente sulle dittature di Italia e Germania, alle quali inizialmente non mancò una connotazione sociale, mai scomparsa del tutto all'interno di un'ideologia totalitaria letale che, certo, con i regimi sudamericani ha in comune l'odio anticomunista. Mi guardò stranito e disse che il comunismo è il male assoluto. La conversazione, se tale si può chiamare, finì lì».

«Non vi immaginavo così immersi nella realtà».

«Nel mondo ma non del mondo» sorrise Bratti. «Pensava di trovare un succedaneo di guru che parla di altri mondi e altre dimensioni? O uno spiritista? Che cosa si aspettava, signor Mani? Qualcosa di indefinibile e minaccioso come quel palazzo veneziano o quella casa di Savannah i cui proprietari muoiono tutti di morte violenta? Quel che avevo da dirle, l'ho detto». Si alzò, lo accompagnò alla porta dove già attendeva Kimono Uno.

«Le auguro una giornata» percorse con lo sguardo da capo a piedi il metro e settantadue di Melis, «alla sua altezza». E sparì.

Melis riattraversò il giardino, sulle orme del taciturno servitore. Ora il cielo era plumbeo, e benché quella fosse natura addomesticata, qualcosa del primevo spirito della terra sembrava percorrerne le linfe vitali. Tutto sembrava in attesa. Tutto sembrava spiarlo. Occhi non umani, dietro il sipario verde che verde non era: svariava dal grigio argenteo al blu.

"La morte abita la terra" si disse, "vedo ovunque l'ombra della sua mano".

Come diceva, Fiorenza? Che certe cose bisogna viverle, non descriverle. E che certe verità, più se ne parla più le si offusca.

La verità... La verità raramente è pura, mai semplice.

Un tasso giapponese, contorto ad arte, dialogava muto con tre aceri rossi nani. Il trillo di vita di un uccellino invisibile. Un volo nero di corvo, riga dritta nel cielo.

Il nero samurai si fermò, mentre il cancello si schiudeva magicamente - apriti, sesamo - così che il profano lasciasse infine quel luogo per soli iniziati.

Pietra, legno, cristallo. E tanta moderna tecnologia. Ben nascosta.

Accese la pipa.

Era presto e non aveva appetito. Appoggiato alla spalletta fumava la vecchia Brebbia bionda curva e liscia guardando il Goravizza color del ghiaccio scorrere veloce fra gli alti argini in pietra e ciuffi di parietaria e bardana, fra aggetti di case che erano lì dai tempi del Patriarcato e ne avevan vista, di acqua, scorrere inutilmente sotto il ponte della Storia. Perché la Storia, ahi, nulla insegna agli umani. Decise di fare un giro lungo, da sud, per rientrare ripassando da via Perdono di Barbana, il *locus criminis*. La cittadina era molto più articolata di quanto cardo e decumano potessero far credere. Ovunque, scorci, passaggi interni, cortili fioriti, deviazioni. Una di quelle cittadine, pensò, che vanno scoperte a inizio maggio o a fine settembre. In una traversa vide una sorta di bàcaro minimale, pochi metri quadri dove però pazientavano in coda tre autoctoni. Si mise in fila, prese ciuffetti di calamaro fritti e un calice di Garganega. Mangiò in piedi, concentrato sul cibo. Intendeva impedire a Bratti di occupargli la mente con la calma sultana con la quale il leone occupa la pianura. Perché era vero, quell'uomo era realmente magnetico. Non faticava a credere che femmine e maschi fossero caduti a decine ai suoi piedi supplicando l'elemosina di un'occhiata. Intestandogli assegni, reami, fortune. Donando l'anima per baciare la terra che calpestava, aveva detto Gradiva. Che cosa sapeva, quell'uomo? Secondo gli inquirenti, aveva collaborato da subito e senza reticenze. Ma che ne sapevano, di aposiopesi, gli inquirenti? Quella sera, D'Aiuto gli avrebbe fornito aride note ufficiali sul vicequestore aggiunto Franchini, certamente onesto e diligente, ma quanto acuto?

«No, niente caffè, grazie».

Pagò, una somma che a Milano non sarebbe bastata nemmeno al vino, e si incamminò per una via a lui sconosciuta. In una vecchia rimessa per merci, sonnecchiava una Cagiva ala rossa. Deviò di qualche metro, per guardarla da vicino, e improvviso sulla sinistra si aprì... un brolo, sì, un brolo. Gli venne naturale definirlo così, non un giardino. Un brolo segreto, raccolto, fatto di verdi enormi silenti piante tropicali, dietro il quale s'allungava un curioso edificio a un solo piano, una specie di scuderia dalla vaga aria Art Nouveau.

Un'insegna: *ANTICHITÀ SIAMESI.*

Si avvicinò. In nessuna delle quattro vetrine, ingombre di oggetti e stampe e quadri e libri, si poteva notare un manufatto esotico. Interdetto, rilesse l'insegna. E sorrise. Perché la scritta era *ANTICHITÀ SIANESI*, non l'Oriente ma un cognome poco comune.

In una vetrina spiccavano i quattro tomi del *Cavallo frenato* del Ferraro nella rara prima edizione veneziana: Prati, 1620. Nessuna indicazione di prezzo. Un tempo sarebbe entrato per informarsi davvero, ma ormai non provava più desiderio per i libri: sapeva già che il libraio avrebbe elogiato il frontespizio in rosso e nero con marca tipografica, le testate e i capilettera decorati, le numerose xilografie nel testo e a piena pagina, senza mancar di ricordare che il Ferraro era stato veterinario e maestro cavallerizzo alla corte di Filippo II re di Spagna e Portogallo e Napoli, Sicilia e Sardegna e Perù, duca di Milano Borgogna e Fiandre, Signore del Vicereame della Nuova Spagna, arciduca d'Austria. Per poi sparare il prezzo. Tuttavia entrò.

Nel più assoluto e polveroso silenzio, dalla nicchia all'ingresso una scultura pallida come nebbia coronata da immagini di torture e patiboli, lo fissò inquietante.

«Boleslaw Biegas» disse una voce dall'ombra, e Melis in quel cimitero di oggetti a stento individuò il padrone dell'ambaradàn che, sprofondato in una vecchia poltrona damascata, indicava il marmo sbozzato, «e quella è la serie completa delle *Persecuzioni religiose* di Jan Luyken. Tardo Seicento. Huysmans lo definisce fantastico e lugubre, veemente e feroce».

«Non concilia il sonno» borbottò Melis rivolto al bizzarro e macilento incubo di pietra.

«Dormo poco di mio» replicò l'altro, indicandogli una poltrona meno vecchia e meno comoda di quella dove sedeva. Melis rimase in piedi. Tutto era peggio che austero, cupo, ma di una cupezza molle, sensuale, pigra, abbandonata fra piante esotiche vegetanti nell'ombra.

L'uomo, sulla sessantina, pingue ma dal volto affilato, e reso ancor più affilato da un lungo naso pallido e labbra sottili come un taglio, i capelli tinti pettinati all'indietro nel vano tentativo di mascherare la vittoriosa calvizie, indossava un completo principe di Galles color sabbia e salmone: una cravatta caffè a seminato di pois rosa corallo spiccava sulla camicia panna dai cui polsini ammiccavano due gemelli ovali in corallo rosa.

Se s'era accorto dell'interesse di Melis per il Ferraro, non lo diede a vedere.

Lui chiese il prezzo, e l'altro disse una cifra onesta. Ah, se soltanto quelle cose avessero avuto ancora sapore, per lui!

«Un buon prezzo, ma ci devo pensare».

«Lei è qui di passaggio? Sì?» Il libraio accennò la propria comprensione. «Però, allora, forse, se mi permette...» Si alzò, andò a scaffale e sottopose a Melis altri volumi fra i quali, scartato un manuale francese del 1834 e, assai meno costoso, uno inglese del 1836, il signor Nereo Mani scelse i due volumetti dello *Sportsman in Ireland and Scotland* edito a Londra da Colburn nel 1840: molto abbordabili come prezzo e buoni da spizzicare qua e là in emergenza da insonnia.

Poi, come sempre in questi casi, essendo le librerie antiquarie assai poco frequentate, ed essendo il signor Mani palesemente foresto, si prese a parlare del meno, i libri i passatempi, e del più, i fatti propri e altrui, soprattutto quelli altrui.

«Sono di Milano, ma vedo che anche qui sono brutti momenti».

«Io vivo dei soldi dei ricchi, l'antiquariato mica lo comprano i poveri. Ma ho già capito che questo qui, il Papunà, sì, forse andrà bene a voi milanesi, non all'Italia» Indicò il più venduto quotidiano nazionale, ripiegato sulla scrivania: «Lui è anche quel che ci vuole, un imprenditore, ma le due zavorre sono gli altri. E non dura, non può durare: tutto promesse e niente fatti, tutto fumo senza arrosto. Intanto, la crisi avanza. Sì, anche qui. Anche in questa tranquilla cittadina di provincia dominata da un'unica azienda, un tempo florida e dove oggi la crisi si ammanta di nomi suggestivi: la crisi del freddo i frigoriferi, la crisi del bianco le lavatrici. E la crisi nera?»

«Ci sono anche i dolci» bofonchiò ironico Melis.

«Già, ma io ho il diabete e il resto del mondo è a dieta». Alzò le spalle: «Vedrà, rimpiangeremo i democristiani. Io, almeno, già li rimpiango. Gatte morte, sì, forse, ma gatte di buona razza sorniona. Cresciute in canonica, non tra le scovazze. I celti, sì, buoni quelli. Oddìo, che a Roma si rubi è una verità, ma i celti, i celti vivevano nelle caverne quando i romani erano già pederasti. E guarda caso, proprio ieri l'assessore alla cultura mi parlava della Sibilla Cu*b*ana. Del resto, crede che il Big Ben sia all'origine dell'Universo. Vedremo, ma se queste sono le premesse... L'autonomia sì, come il Trentino, ma il separatismo, via...» Mosse una mano, come a scacciare una mosca, e cambiò argomento: «Lei non è di qui, vedo, ma non è qui per turismo. Aspetti, mi lasci indovinare: rappresentante legale di qualche industria?»

No, no, lui era lì per quella brutta faccenda, l'omicidio di quella ragazza. Mai risolto.

Ah, l'antiquario ricordava bene, certo, certo che sì. Povera ragazza. E brutto, poi, brutto il sospetto. Molto brutto. E per mesi il sospetto aveva avvelenato l'aria, in città. No, no, lui non aveva mai creduto che uno come Filippo Artuso... per quanto... il gruppo sanguigno... Che però, almeno quello, scagionava due famiglie specchiate, i Dorigo e i Venier. Sì, perché Venier padre non era mica troppo contento che il figlio stesse con quella ragazza – brava, eh? Oh, brava, ma... come dire? Di differente livello sociale, ecco. E nemmeno che il figlio frequentasse quei tipi là, gli ortiliani.

«Mi pare di capire che anche a lei non piacciano, gli ortiliani».

«Io? Ma vuole scherzare!?» La voce di una vergine virtuosa. «Eppure, mi creda, ce n'era di gente della Brassanigo bene, a pendere dal prepuzio di quel Bratti!» Sguardo serpente: «Certo che non lo dico a caso: il prepuzio, sì, il prepuzio! Quello, creda a me, se li è passati tutti, mogli, mariti, figli e figlie. Non è sempre così, nelle sette?»

L'uomo parlava con la foga di chi sia stato ferito nella carne. Perché Bratti sì e lui no? O, forse, perché Bratti con gli altri e non con lui?

«Mi hanno parlato di una certa Pinotti» buttò lì Melis.

«Ah, buona quella» sprezzò l'altro scuotendo il capo. «Ma più buono ancora il marito, l'architetto». E ammiccò.

In questi casi interrompere non pagava, Melis lo sapeva da anni di interrogatori, per cui si limitò a chiedere con lo sguardo e la postura del capo.

«Per me, l'architetto Plinio Coghetto era troppo buono per essere vero».

«Cioè?»

Risolino: «O della moglie non gli fregava niente, o faceva la gatta morta».

«Esistono anche i divorzi fra persone che non si sbranano».

«Esistono, sì, esistono» concesse l'antiquario. «Esistono anche ninfe e unicorni, meno comuni però di ninfomani e cervi» concluse volubile. Poi, con l'agilità di un gatto, porse a Melis un libricino: «Ecco, e badi bene, le faccio vedere questo non perché si parla di Coghetto».

Era un opuscolo di poche pagine, *Les fastes scandaleux*.

«La legatura è di Gruel, firmata» sibilò l'uomo aspirando saliva agli angoli delle labbra, «ma è un testo uscito negli anni della Rivoluzione, con indirizzi costi e prestazioni delle puttane di Parigi».

Lo fissò, gli occhi di uno che gode a sporcare.

Melis gli restituì l'opuscolo. «E la Brassanigo bene? Saranno suoi clienti, immagino».

«Non parlo mai dei miei clienti: *verboten*. Posso dirle una cosa sola: la realtà di un fatto è come un ritratto, svela la natura profonda di un uomo o di un paese. E quale fatto lo è più di un omicidio?»

Non guardò Melis, concentrandosi a studiare un piatto antico.

«Bratti non era amato dai mariti delle signore rinate, vero?»

L'uomo ebbe un sorriso tanto smagliante quanto ironico. «Lei cosa avrebbe provato, al posto loro? Non era amato nemmeno dai genitori di giovani virgulti». Lo fissò bene negli occhi. «Giovani, intendo, di entrambi i sessi».

«Le sembrerà strano, ma le due persone con le quali ho parlato fra ieri e oggi mi han detto bene, di questi ortiliani. Mi dica lei qualcosa di male».

L'antiquario rimise il piatto sul suo supporto d'ebano.

«Che cosa c'è di bene, nelle sette? Tralasciamo le stupidaggini: nessuno ha mai fatto orge o seguito riti satanici. Nessun gatto nero è stato sacrificato a Belial, figuriamoci, c'eran certe gattare fra le adepte! Bratti sempre sostenne di rifarsi alle pratiche di meditazione ginnosofista orientale. Perché non credergli? Tuttavia girava voce che gli ortiliani usassero scopolamina, il "respiro del diavolo", la ioscina, alcaloide che si trova nelle solanacee: patate, pomodori, peperoni e tabacco, per dire. Una sostanza dai forti effetti allucinogeni. Inodore, incolore, annulla la volontà di chi la assume ingerendola o inalandola, e come tutti gli allucinogeni in dose eccessiva è mortale».

«Tutto qua?»

L'uomo si strinse nelle spalle: «E i sghèi che quelle oche gli versavano. E il sesso. Badi: dico sesso, non orge, il sesso che quello lì avrà fatto con tante, e con qualcuno. Perché è ambidestro. Insomma, droga, corna e soldi che svanivano dal conto in banca: le par poco? Qui, poi! Un buco bigotto e ipocrita come Brassanigo. Stupisco che abbiano ammazzato quella poveretta, e non Bratti».

«Insomma, lei parteggia per i mariti».

«Ma certo, qui in negozio entrano uomini, perché, vede, la donna arreda la casa ma è l'uomo che colleziona. E anche quando la moglie arreda, è il marito che firma l'assegno».

«Addirittura! Soltanto l'uomo sa apprezzare l'arte!?»

«Ma certo! Alcuni uomini superiori, sia chiaro. Però, a parlare più in generale, ecco, l'uomo crea, la donna procrea: del resto, ci pensi, persino in professioni tipicamente femminili non son gli uomini a dominare? I grandi sarti, i grandi cuochi, i grandi coiffeurs. Loro, sì, creano, la donna si limita a tramandare: la specie o la tradizione, ma tramandare. Povera costola, l'invenzione le è stata negata. E potrei aggiungere che nei non molti casi di donne indubbiamente geniali e creatrici a ben vedere non abbiamo a che fare con vere donne, ma con devianze fisiche di psicologie maschili».

Parlava seriamente.

«Insomma, anche lei come Aulo Gellio: la donna è un male necessario?»

«Solo perché propaga la specie. Per il resto, il consiglio di una donna, quando è buono, rovina la vita. La donna-serpente, la donna-attinia, Lulu, l'Angelo azzurro... Sa che D.H. Lawrence chiamò le attinie *cani dell'Inferno*? Kore e Ecate... Ma se la notte cristiana è il tempo della coscienza infelice, come sostiene Hegel, cosa succede quando si immerge il tempo della storia nella notte del mito? Succede che si generano falsi miti: non è forse nel romanticismo tedesco che i nazisti andarono a pescare i padri nobili della loro follia omicida? Ora, gli ortiliani promettevano di superare il senso di colpa. E ogni senso di colpa non ha forse origine nel nostro rapporto con la Madre, colei le cui acque stanno sul limitare degli Inferi? Non siamo noi, alla nascita, rapiti a quelle acque e a quella notte? Non desideriamo, noi, ritornarvi? Amore e morte. E il sacro incesto all'origine di tutte le religioni, cristianesimo incluso. Oh, sì, sì, cristianesimo incluso: se Padre e Figlio sono la stessa Persona... Il sacro incesto, Lot, Crono, Iperione, Edipo, Oreste, Nerone... Le risparmio lo studio del motivo mitico del tentato adulterio in Grecia e Egitto, e dell'origine mitica dello *jus primae noctis*, riservato al Dio. Perché Dio è Oscuro, e la colpa è insita nell'uomo. Dunque, se vuole capire qualcosa, inizi dai rapporti fra donne e uomini seguaci ortiliani. Vivono tutti qui, ancora, anche se nessuno ne parla più troppo apertamente».

«Qualche nome?»

«No, però ancora oggi vi è una loggia ortiliana praticante, ma non ha nulla a che vedere con quella di otto anni fa. Questo è un comitato d'affari che si ammanta di chissà quali riti segreti. Al vertice, un grosso nome, che ora ha anche legami politici. Di più non le dico. Questi non hanno nulla a che fare con i seguaci riuniti intorno a Bratti otto anni fa».

«Mi parli di quelli».

«All'interno del gruppo c'era di tutto: ingenui, reduci dal viaggio in India, frustrati in cerca di idoli, anime stanche convinte che fosse possibile trovare ristoro e poi, sì, due o tre fanatici del mistero. sa, quelli pronti a credere al vril come all'Arca dell'Alleanza e al Santo Graal. Nel senso di Indiana Jones, capisce? Pensi ai raeliani, svastica e stella di David. Del resto, gli antecedenti non mancano. Otto Rahn e tutto il cascame del falso misticismo nazista. L'Andalusia esoterica: i dodici apostoli del barone Velasco, la reliquia del Santo Rotolo della cattedrale di Jaén, dove nel 1936 avvenne la morte violenta e misteriosa dell'arcivescovo Morales, le società segrete che propiziarono la visita di Himmler a Toledo sulle tracce della Tavola di Salomone, cioè dell'Arca dell'Alleanza. Lo sa che a Toledo vi sono antichità egizie? Ha mai sentito parlare della fregata Arapiles che nel 1871 portò dall'Egitto alla Spagna un carico ignoto, misterioso, tanto misterioso da interessare, in stretta collaborazione, settantadue anni dopo, i servizi segreti nazisti e franchisti? Operazione Trombe di Gerico: ne ha mai sentito parlare? No? Il nome del potere, il vero nome di Dio, lo Shem ha meforash! La cui chiave, la Tabula Salomonis appunto, è forse nascosta a Toledo! Toledo, sede primaziale della cattolicissima Spagna!»

«Però non mi fa nomi».

«Ne ha già uno: parta da quello».

Melis dava le spalle alle vetrine ma nello specchio veneziano che aveva di fronte vide affacciarsi un uomo oltre i quaranta, capelli e baffi dal vivo color carota, di taglio militare: non guardò gli oggetti esposti, guardò proprio lui, Melis, e poi scomparve.

Se l'antiquario se n'era accorto, non lo diede a vedere e proseguì. «Molte grandi scoperte archeologiche sono frutto del caso: un indigeno si ubriaca e rivela la via segreta che porta a un'antica città sacra, un giovane pastore segue le tracce di una pecora smarrita e si imbatte nella stele di Rosetta, la terra trema si apre e restituisce alla luce una dimora aristocratica. Sa, avendo un bel magazzino ormai ho molto tempo libero. Leggo, mi documento, mi aggiorno, studio. E soprattutto, penso. Un fatto come quello, una ragazza uccisa così, è cosa alla quale viene da pensare spesso. E pensi, e pensi, e vai dietro le idee come il pastore dietro la pecora smarrita. E ti fai delle convinzioni, Nessuna prova le suffraga, nessuna certezza: però hai le tue belle convinzioni. Io, Vittore Sianesi, ho le mie. E me le tengo per me. Ma poiché siamo soli, e lei non sta registrando, ecco, ora, se lei vuole trovare quel che resta di una setta disciolta nel mistero di un delitto impunito... Lo vuole? Oddìo, non che sia un segreto, ma qui nessuno ne parla, né fra noi né tantomeno con i forestieri. E lei è un forestiero, e anche piuttosto curioso. Troppo curioso per i gusti di qui. Bene. Allora qui soltanto io posso darle qualcosa di interessante, qualcosa che vale, diciamo, il prezzo dei quattro volumi del Ferraro con l'aggiunta di un'adeguata propina. Lei stesso l'ha definito un prezzo onesto». Sorrise. Sì, pensò Melis, la settima arte aveva ragione: gli antiquari sono tutti disonesti e venali. Lo avrebbe messo in conto a Sua Eccellenza, il Ferraro.

«Bene» disse il Sianese non Siamese dopo aver intascato l'assegno e preso nota dell'indirizzo della Casa editrice presso la quale spedire i volumi. «Lasci perdere Bratti, e Pinotti e i bei nomi: se vuole sapere qualcosa di veramente interessante, si concentri sull'ex marito di Marina Pinotti. Coghetto, sì, l'architetto Plinio Coghetto. Tenendo presente lo studio medico Strazza Pollastri».

«Ah, malattie dello sport. Lei conosce anche il dottor Ignazio Caniglia?»

«Lei intende il medico legale andato in pensione?» sogghignò lo Stregatto Sianese. «Come medico, non posso giudicarlo, però non riusciva a spiegarsi perché mai le caravelle sulle 500 lire fossero sbagliate. In fondo, diceva, quando corriamo i capelli ci vanno all'indietro». E, allo sguardo ebefatto di Melis, scoppiò in una risatina garrula: «Eh, sì, anche i cretini possono prendere una laurea. Del resto, il più cretino dei nostri incompetenti assessori si presenta sempre premettendo *dottor* al poco riverito cognome. Che, filologicamente parlando, altro non significa se non spala merda, o, se preferisce, spala letame». S'inchinò: «Ci vediamo» e come l'altro fu fuori aggiunse a mezza voce, «e se non ci vediamo, accendiamo la luce».

Sentendosi nello sgradevole ruolo del merlo, Melis uscì dall'antro. La non piccola bottega degli orrori. Aveva appuntamento a cena con Malighetti, ma prima doveva traslocare presso la simpatica Miss Parrish, titolare di una specie di pensione famigliare, letto e colazione, sul modello dei B&B anglosassoni. Anglosassoni come Miss Parrish, che, suggeritagli la sera prima dal Cicio, il paròn del ristorante, offriva qualcosa di più caloroso e meno costoso della pur valida Locanda del Doge. Miss Parrish. Che poi, chissà, forse qualcosa da raccontare l'aveva. Inglese italianata, con che colori avrebbe dipinto quella società di provincia benpensante, un po' bigotta e molto disponibile a quasi tutti e sette i peccati capitali? Politicanti, industriali, professionisti, intellettuali, sportivi... e ortiliani. E, fra loro, un assassino in incognito. Comunque, uomini. Terra destinata alla terra. Fallibili esseri umani. Quella storia, tutte quelle persone, le loro relazioni di cuore, i loro rapporti d'affari, le loro inimicizie... Ma era lì che doveva scavare. Dolore, paura, offesa, sofferenza: la condizione umana.

Rinnovata la scorta di tabacco e fiammiferi dalla tabaccaia sempre incagliata su quella definizione a dir poco criptica – «Le hanno tutte e cinque!» – decise di tornare alla sua stanzetta.

Un piacere maligno stirò le labbra di Brivido Pop: «Te vol el Boss».

Non che, a vederlo, Bepi Bernardi sembrasse Al Capone, tutt'altro: non alto, roseo, soffice, i capelli scolpiti a rasoio una candida nuvola di primavera, cerulei gli occhi, le labbra sempre atteggiate al tremito che agita il balbuziente prima di emettere una labiale, avesse avuto dieci chili di più sarebbe stato un perfetto Omino di Burro. E come l'Omino di Burro era un uomo di servizio. Al servizio del potere. E il Potere, nella persona del dottor ingegner

Biagio Campobernardo, Direttore Generale della Biesuz SpA – il bianco – e cognato dei Fioccadori – i dolci – voleva, anzi, no: esigeva di sapere. Sapere chi cazzo era questo tizio che andava in giro a rompere i sacramenti – in quelle circostanze, poi, con il loro governo che a Roma traballava pericolosamente! – dicendo di scrivere un libro su quella là, sì, la morta. Sapere perché quel coglione di Lelio Malighetti gli dava spago. Sapere che cazzo ci stava a fare lui, Bernardi, alla direzione del giornale pagato coi soldi della Biesuz SpA (il che non era come dire di Giandomenico Biesuz: nella Biesuz SpA ci entrava anche lui, Campobernardo, con tutto il conseguente diritto, perciò, di dare del coglione e prender tutto il giornale a calci in culo), che cazzo ci stava a fare lui, Bernardi, se non era nemmeno capace di prendere l'iniziativa di sollecitare – *vox populi, vox dei* – un informale ma secco intervento del vicequestore dottor Rachis. «E dio lupo, Bernardi, non vorrà che lo chiami io, no? È lei che viene pagato per spalar via la merda!» aveva mitragliato sbattendo giù la cornetta.

E ora, livido di frustrazione, le labbra tremule di balbuzie, Bernardi si apprestava a praticare una delle regole fondamentali dell'umanità: divenire, da ta-ta-ta-ta-tartassato, ta-ta-ta-ta-tartassore (si diceva così? Mah!).

Cercò di mutare l'azzurro degli occhi in un color ghiaccio del ghiaccio più ghiacciato, e riscaldare l'umore, nero, al rosso fuoco dell'ira, concentrò tutto il proprio rancore su Malighetti – quel piccolo scalcagnato inelegante ma intelligente cronista grazie al quale – glielo diceva una voce in fondo al cuore – quel giornale di merda stava in piedi, e sibilò:

«Lelio, che cazzo fai?»

Ormai sperimentato dagli anni, Malighetti non accennò una risposta che sarebbe stata interrotta da urla e strepiti, sicché Bernardi dovette rilanciare.

«Ci vuoi rovinare, me, te, tutti?» Silenzio. «Quello non è dei nostri, e tu gli parli! La cosa non è passata inosservata, né a me né» pausa mistica, «né più in alto». Silenzio. «Allora? Non parli?» sibilò il direttore della «Voce di Brassanigo», e solo allora l'umile scudiero, il vile meccanico rispose.

«Dottore, se l'avessi buttato fuori quello avrebbe pensato chissà cosa: che il giornale volesse coprire qualcuno, o quantomeno che avessimo» avessimo, noi, hai capito coglione? tu ci sei dentro!, «chissà quali segreti nascosti. Così, invece, non soltanto lo meno per l'aia, se mi passa la metafora, ma sono anche in grado di sapere chi vede, con chi parla, cosa gli dicono. Insomma, dottore, il più classico dei doppi giochi, come lei m'insegna».

Bernardi lo fissò in silenzio. Quell'omiciattolo con la sua *bàtola* riusciva sempre a farlo sentire un cretino.

«Dov'è, adesso?»

«Non lo so, ma fra un'ora ceno con lui alla Fórcola. Poi torno in redazione e le riferisco».

Che fare? Ritirarsi in buon ordine. Ma a bandiere spiegate.

«Stai attento, però. E poi relazionami» – Bernardi adorava quella pattumiera linguistica: relazionare, contattare, memorizzare e di lì a un decennio sarebbe certo divenuto un cultore del più ebete di tutti quegli zombi lessicali, posizionare – «ma a casa, stasera abbiamo amici a cena. Ah, a proposito: secondo te avrebbe senso sollecitare un intervento, informale, è ovvio, di Rachis? Perché, insomma, questo qui crea disagio. A proposito, come si chiama?»

«Mani, Nereo Mani. E non credo che Rachis possa influire sulle sue decisioni, né tantomeno impedirgli di stare qui».

«Ma ci mancherebbe! Chi ha parlato di limitare le libertà di movimento dei cittadini? Non siamo più un paese fascista» e fra sé aggiunse: "Purtroppo".

La faccia squadrata ma piena, i candidi capelli a caschetto, gli occhi più che azzurri, blu, Miss Parrish era nata a Calcutta; tornata in Inghilterra adolescente, aveva passato anni al Guy's Hospital di Londra come infermiera diplomata, sul finire del 1943 aveva fatto parte di un corpo sanitario distaccato in Italia e da allora era rimasta nel Paese i cui abitanti perdono le guerre come fossero partite di calcio e le partite di calcio come fossero guerre, scegliendo, sulla suggestione di Dame Freya Stark, non già il colorato pittoresco e rumoroso Sud, bensì quell'angolo stravagante di Italia nordorientale così vicino alle dolci bizzarrie britanniche: *se no i xe mati no li volemo*.

«Ha organizzato la casa come una specie di pensione, e di questa stagione lei sarà sicuramente il solo pigionante. Potrà tirare sul prezzo e le costerà certamente meno dell'albergo» gli aveva suggerito, dopocena, la sera prima, il sor Cicio, gestore del ristorante La Fórcola. Un consiglio non del tutto disinteressato, visto che, come Melis avrebbe scoperto, il sor Cicio, alias Fabrizio Zanirato, era altresì proprietario della pescheria presso la quale Miss Parrish si serviva. Ma la scelta era stata soddisfacente. Via degli Spadari, infatti, correva fra due quinte medievali dalla piazza del Popolo, dove il basso pentagono del Palazzo del Podestà, coronato di merli ghibellini, chiudeva il lato su piazza delle Erbe, alla piazza del Duomo, dominata dalla compatta astronave gotica in chiara pietra d'Istria. Miss Parrish abitava in un'ala autonoma di un edificio risalente al Quattrocento, e la loggia affacciava su un gradevole brolo interno al cui centro troneggiava una statua di Ganesh, il dio che spiana la via e dona prosperità: una sciarpa di lana rossa al collo, aspettava paziente l'inverno. La Punto avrebbe avuto ricovero in quella che era stata la rimessa dei carri. Melis, in casa. Le stanze, cinque, erano ingentilite da oggetti scelti uno a uno e tutti consonanti: persino l'inglesissimo chintz su poltrone e tende. Tre, ampie, con letto matrimoniale e minuscolo ma completo bagno interno, erano riservate agli ospiti paganti, una a sé stessa e l'ultima, molto grande, ospitava il tavolo della prima colazione, una credenza, tavolini e diverse poltrone.

«Dovrebbe vedere, nella settimana del Festival Musicale, che bella gente viene da tutto il mondo! E del resto lei a modo suo è un mondano: so apprezzare, sa, cappelli come questo suo trilby ruggine. È uno Stetson, vero? O forse un Goorin?»

«No, un vecchio Broswell, era di mio padre». Le sorrise: «Borsalino è troppo caro, per me».

«E lei lo passerà a suo figlio».

«No: non ho figli».

«Oh, I'm sorry!»

«Ma no, è stata una scelta».

«Anch'io, sa? Niente figli».

Simpatia immediata e reciproca, tanto che Melis, e questo era del tutto eccezionale per Miss Parrish, venne ammesso da subito nei recessi della cucina, una cucina solida e vecchia come la proprietaria, e illuminata dai lucidi rami alle pareti: stampi per dolci, casseruole, tegami e padelle.

«British or continental breakfast?» fu la domanda di rito, e quando lui rispose «As you like it» gli occhi blu scintillarono di soddisfazione.

Nel piatto polenta gialla e seppie al nero ravvivavano gli antichi fasti imperiali asburgici: *bianca e rossa la nostra bandiera, gialla e nera la nostra coccarda, voi compagni che state di guardia*... Ma chi più stava di guardia, e a cosa? Seduto di fronte a lui, sempre più vivace e stazzonato, Malighetti aveva optato, invece, per la zuppa di pesce. Sì, sì, sapeva, Lelio, di Miss Parrish. E, ah, così Nereo aveva conosciuto Gemelli Sianesi.

«Chi? Quali gemelli?»

Lelio ebbe un abbozzo di ghigno compiaciuto.

«No, non gemelli siamesi, Gemelli Sianesi. L'antiquario. Si chiama così, Vittore Sianesi, e poiché porta soltanto camicie da gemelli, il resto è venuto da sé. Sta come un ragno, in quell'antro, sembra farsi soltanto i fatti suoi ma poi sa tutto di tutti, o quasi». Ghignò. «Ma anche in città si sa qualcosa di lui. Anche se le avventure se le cerca tra i camion nelle piazzuole dell'autostrada».

Melis lo ignorò. «Ci sono ancora, gli ortiliani?»

«Detto fra noi, e chi se ne frega? Senti, questo sarà anche un capoluogo di provincia, ma resta un paese. Già adesso tutti sanno che sei qui per rivangare quella brutta storia. Bratti ormai si fa i fatti suoi. Se ci sono ancora persone che si trovano fra loro in segreto – un segreto di Pulcinella, anzi, nemmeno in segreto, in più che legittima discrezione – per fatti loro, per raggiungere un superiore grado d'illuminazione o per farsi di vril, be', non ammazzano nessuno. E, fino a prova contraria, non hanno ammazzato nessuno».

«Vedo che ci metti calore. Forse perché è coinvolto il cognato di un assessore?»

Un trancio di gallinella di mare fra piatto e bocca: «Be', te le procuri in fretta, certe informazioni» ammise Malighetti. «Ma attento, potrebbero essere false».

«Venier senior non apprezzava il legame tra il figlio e Mariastella».

«E per questo motivo ammazzi la ragazza? Eiaculandole addosso?»

«Ho anche sentito qualcosa sull'ex marito della Pinotti».

«Coghetto?» Sogghignò: «Ebbe il suo momento d'oro alla fine degli anni Settanta, quando disegnò per una piccola azienda locale poltrone di plastica colorata a forma di wc. C'era anche un divanetto a due posti: un bislacco cesso matrimoniale». Scosse la testa. «Brav'uomo, sia chiaro. Ma, per me, una velata. Brava persona, c'entra niente con l'omicidio, ma una velata».

«Una velata?»

«Ma sì, una velata: un capovolto sotto il mantello del matrimonio. Guarda, io colleziono fumetti: tre anni fa a una fiera del libro lo vedo a bazzegare con un libraio di Brescia, uno che tratta fumetti dal quale compro anch'io. Così, andiamo a bere un bianco insieme, e poi da cosa nasce cosa e giorni dopo Coghetto m'invita a casa sua. Sai, io colleziono "L'Audace", ma solo il decennio '34-44, o "Tex", ma i soli albi della prima serie gigante, cose così. E cosa ti scopro? Che l'architetto bibliofilo oltre a "Diabolik" e "Zagor" possiede, tra l'altro, la mitica serie completa dei venti fumetti di "Macho", da "L'ano del dragone" a "Un pacco bello", da "Mazza padrona" a "Chiappe di livido blu", da "Metti una sega a cena" a "Pompelmo meccanico". "Adesso valgono già qualcosa, ma vedrai fra dieci anni" mi dice. "Ma lo sai che uno mi ha offerto trentamila lire per il primo, introvabile numero della serie, 'Muscoli e vizio'?" Sì, è vero che è un mercato in crescita, il libraio di Brescia ha appena pubblicato un catalogo di soli fumetti erotici italiani anni Settanta: "Jacula", "Zora", "Ulula". E "Sukia", la ghiotta Sukia con il suo reciòn: Gary, te lo ricordi, Gary? No? Ah, tu non avevi di queste letture. Neanch'io, del resto. Ho appreso tutto dal catalogo del libraio. Comunque, io in vita mia, per dire, "Macho" non l'ho mai sfogliato. Coghetto, sì. Chissà se lo legge con la sola mano sinistra». Chiuse il discorso, non senza vietarsi la freccia del parto: «Omologo di Gary fu Jo, il manager reciòn di Ulula. Bei tempi, eh?, quegli anni».

I bei tempi, pensò Melis, chissà perché erano sempre al passato.

Come aveva detto, Bratti? Ah, sì: la visione del tutto compressa in istante è, in un certo qual modo, capace di uccidere. La visione del tutto... Anche il troppo amore è pericoloso. Sì, è pericoloso essere troppo amati. Transit Eros in Eris: l'amore diventa violenza. L'amore, quel lusso del cuore umano che soli i bruti confondono con il perdurare della specie.

«Ma l'architetto era geloso della moglie? In fondo, divorziarono».

«Geloso Coghetto? Ma quando mai! L'architetto Plinio Coghetto geloso? Era sderenà, sì, e fiàpo malgràmo, sbatociàdo sbampìo. Insomma, non geloso ma all'estremo della sopportazione. Infelice. Frustrato. Stanco d'esser sulla bocca di tutti. Forse, chi sa, un poco geloso di quei bei fiòi che la moglie si portava a letto, forse, chi sa, c'era anche chi diceva che li avrebbe voluti lui. Ti meraviglia che parli così liberamente? Ma noi non ci conosciamo, tu sei foresto. non mi stai registrando e se nel libro, dovessi mai pubblicarlo, mi attribuisci la responsabilità di queste affermazioni ti becchi pure una bella querela».

Risolino come ghiaccio che s'incrina.

«Non darmi retta, ho scherzato, sai? L'architetto si è sempre fatto i fatti suoi, e questo purtroppo in provincia basta e avanza per essere poco amati. Quanto ai reciòn, chi ci fa più caso?»

«Però qualcuno l'ha uccisa, quella poveretta».

«Eh, sì, ma se non ci è riuscita la polizia, a capire chi è stato, chi ci deve riuscire? Tu? La nostra coraggiosa e libera stampa? Quel magnapartìcole del Bernardi?» Guardò l'ora. «È molto piacevole parlare con te, ma adesso, scusa, devo tornare al giornale. Tienmi aggiornato. Buon conto, e grazie».

Melis lo lasciò uscire, si alzò. Pagò, assicurando il Cicio che aveva cenato bene e che presso Miss Parrish si trovava benissimo.

No, non pioveva: il cielo, al contrario, era sgombro di nubi. Non pioveva. E lui ne fu lieto.

Accese la pipa. Rincasò lentamente, sotto la stellata novembrina.

Pochi metri oltre un cancello, una Volkswagen Karmann Ghia rossa era parcheggiata sotto un platano senza quasi più foglie. Ripensò alla moto Cagiva: suo fratello Guido ne aveva avuto una, dieci anni prima. «La fiammata del cinquantenne» si era giustificato di fronte all'ironia di moglie e figli. Un giudice in moto. In terre di 'ndrangheta.

Svoltò, ormai a pochi metri dalla casa di Miss Parrish.

All'ombra dei portici, sull'altro lato della strada, nell'ombra, una fiamma: un uomo si allontanò, mentre lui si richiudeva il portone alle spalle. L'uomo dai capelli più rossi che avesse mai visto. L'uomo che lo aveva scrutato dalla vetrina di Gemelli Sianesi.

Brassanigo, sabato 12 novembre 1994

Il grande bricco di caffè nero bollente, l'uovo in camicia sul toast integrale, una piccola veneziana, confettura d'arancia, miele, riccioli di burro, tre veli di San Daniele, due minuscoli bibanesi.

«Sa» diceva Miss Parrish mentre Melis faceva onore a quel concentrato di chilocalorie, «mio padre era un funzionario del British Raj: tornammo in Inghilterra che avevo dieci anni, era il 1930, ma ho ricordi chiarissimi di quel magico mondo in days of yore. La giungla dopo il monsone in tutto il suo splendore! Lo sfarzo imperiale! Oggi non lo si può nemmeno immaginare, ma ancora trent'anni fa a Katmandu il re del Nepal fece schierare trecentosettantasei elefanti lungo il percorso della regina Elisabetta in visita ufficiale. Certo, noi europei vivevamo una vita a parte, gli indigeni erano ombre sul fondo. Ma non per noi bambini: le nostre – come dite, voi? tate? – erano indiane. Che storie, ci raccontavano. E poi la sera mamma leggeva i nostri classici per l'infanzia, *The Wind in the Willows*, *Peter and Wendy*, le avventure di Peter Rabbitt. Ma fuori, nel mondo selvaggio... La sto forse annoiando?»

«Tutt'altro».

La sera prima, chiamato da un bar, D'Aiuto aveva fornito i dati che Melis in fondo si aspettava: Franchini, né genio né sregolatezza ma integerrimo, una carriera nella media, con tutti i soliti casi di delitti passionali o d'interesse risolti, ma due vistosi flop, il più noto dei quali, quasi alle porte della pensione, era appunto il delitto Biason; Rachis, quarantun anni, una carriera in provincia con i tipici delitti di provincia, sei, tutti risolti. Routine. Nessuna nota, nessuna ombra particolare. Routine. Se non che il suo nome era stato sfiorato – oh, nulla più che sfiorato e uscito immacolato – nel corso dell'inchiesta condotta dal giudice Guido Salvini sulla strage di piazza Fontana a Milano, la madre di tutte le stragi italiane volute dalla «strategia della tensione». Un militare ne aveva fatto il nome in relazione ai Nuclei di Difesa dello Stato, una struttura eversivo-istituzionale più segreta di Gladio e ancora oggi per molti aspetti sconosciuta. Ma, appunto, ne era uscito indenne.

«Ma lo sa che a Calcutta il ristorante più elegante, visitato da ogni principe del sangue di passaggio, era italiano? Ma sì: Firpo's. Sul Chowringhee. Tutto colonne di marmo, argenti, specchiere e lampadari veneziani. Vede, già allora il Veneto... La sua pasticceria era rinomata, in Oriente, e se i gelati si potevano assaggiare solo lì, i cioccolatini venivano confezionati e spediti con ogni cura presso i vari maharaja. Eh, i giorni dei viceré...»

«Non ha portato qui qualche ricordo? O ha acquistato i suoi oggetti dal signor Sianesi?»

«No, no, troppo caro, per me, Sianesi. E troppo greedy». Si guardò intorno. «Non ho portato niente, dall'Inghilterra, se non alcune foto di famiglia nelle loro vecchie cornici. Ma dopo la guerra, qui da voi, era facile trovar belle cose a poco. Tutti volevano esser moderni». Sorrise. «Io poi amavo cercare: avevo l'auto, a quei tempi. Ora ho ancora la patente, ma non posso più permettermi un'automobile. Nuove, costano troppo; vecchie, spendi una fortuna in riparazioni. Così, da Venezia a Trieste tante care amiche oggi le sento al telefono ma le vedo meno spesso di una volta, specie quelle che abitano in paesi non serviti dal treno».

La pendola suonò le nove.

«By Jove, è tardi, e, come dite voi qui in Italia, can che abbaia non piglia pesci!»

«The early bird catches the worm» assentì Melis alzandosi. E, a precisa domanda, assicurò che sì, Mr Mani aveva trovato tutto davvero eccellente. "Tanto da saltare il pranzo" pensò fra sé.

«Così lei è qui per scrivere del delitto degli ortiliani». Buttate lì con leggerezza le parole di Miss Parrish lo bloccarono sulla porta. Beata provincia! «Oh» continuò garrula la donna, «me lo ha detto la lattaia, cugina di un hotel porter della Locanda del Doge. Brutta storia, quella, proprio brutta».

«La cosa curiosa è che non ho avuto problemi a parlare con Bratti, ma altri, invece...»

«Credo che pochi qui vogliano parlarne. Farebbe bene a parlarne – well, certo, con i protagonisti, questo è ovvio, sempre che loro voglian parlare con lei. Ma per avere notizie di carattere più intimo e quotidiano sull'ambiente, allora dovrebbe parlare con... how to say? con figure collaterali».

«Cioè?»

«Ad esempio, due miei cari amici, Five Zeta and Vanda. Se vuole, I can introduce you».

Chi erano?

Glielo spiegò.

Voleva.

Decise di attenersi al programma. Le vetrine di Palladio – Arredamento e Progettazione d'interni si aprivano d'angolo lungo corso Vittorio Veneto, parallelo dell'antico cardo dedicato a San Zeno, e via della Colomba: tre vetrine sul corso, una sulla via. E, in bella vista, mobili seducenti per forme colori e materiali. L'architetto Plinio Coghetto collezionava «Macho», però aveva buon gusto. Notò un tavolo molto semplice ma composto da tante tessere colorate, come fosse fatto dei charms Alemagna della sua infanzia, e un altro, molto diverso, in legno e metallo su due livelli differenti uniti da un piano inclinato di cemento grezzo. Sul blocco superiore, una lampada da tavolo molto curiosa, a forma di libro aperto con le pagine a ventaglio verso il basso. Due poltrone di legno chiaro, a forma di arpa a tre gambe e per seduta un'amaca di corda. Entrò.

«Buongiorno».

La donna, magra, gli ricordò vagamente Anna Magnani: gli occhi appassionati e sofferenti, la folta capigliatura corvina, appena striata di grigio, il corpo eretto per forza di volontà.

«Buongiorno. Che lampada curiosa».

«In ferro trattato e vetro làttimo» disse la donna, accendendola. Il ventaglio di pagine color latte si accese di una luce intensa e dolce.

«Design?»

«Un giovane artista di qui, non ancora affermato» e disse un nome.

«Quanto costa?» e rimase sorpreso dal prezzo, meno della metà di quanto si aspettasse.

«La prendo» decise, «però ho bisogno che me la confezioni».

«Certo. Non è di qui, vero?»

«No. E a dire il vero sto cercando l'architetto».

«Plinio Coghetto? Aveva un appuntamento?»

«No».

«Ah, ecco: perché oggi l'architetto è a Belluno».

«Quando posso trovarlo?»

La donna smise di impacchettare la lampada e lo studiò con attenzione. «Desidera vederlo per lavoro?»

«No. Mi chiamo Nereo Mani, sto scrivendo un libro sul delitto di Mariastella Biason e...»

«Basta così». La donna emise scontrino e prese i soldi che Melis le porgeva: «Dirò all'architetto che lei è venuto, domani è domenica, provi a tornare lunedì pomeriggio». Gli tese la scatola: «Prego».

Il tono era formalmente corretto ma gelido.

«Lei è Anita Paronetto?»

«Sì, Anita Paronetto vedova Sparapan. E non voglio parlare con lei». Lo squadrò con freddo rifiuto: «Una povera morta, e l'ombra del sospetto su tutti noi. Perché? Non certo perché lei ci scriva un libro. Forse lei non ha idea di quanti sciacalli siano venuti qui a lucrare, in questi anni, sul sangue e sul dolore».

«No, mi creda, lo immagino. Ma io non intendo...»

«Vada, per cortesia: se ne vada, esca da qui».

Sì, l'amica Vanda citata da Miss Parrish era proprio lei, la testimone oculare che aveva visto un giovane in giacca a vento e borsone a tracolla lasciare la casa di via Perdono di Barbana in un'ora compatibile con il delitto. Vanda Gallavresi, professoressa di latino e greco nello stesso liceo – «L'unico, qui a Brassanigo: l'unico liceo classico, voglio dire» – in cui insegnava Elisa Scarabello, solo che lei, Vanda, l'anno del delitto era già in pensione. Abitava in un quartiere tirato su negli anni Sessanta con il boom. Oddìo, tirato su era forse ingeneroso: le case, sorte appena fuori la vecchia cinta di mura, ma dal lato opposto rispetto all'abitazione della Pinotti, lungo una rete di nuove vie dai nomi rivelatori – dei Renaioli, dei Navalestri, Isolotto Legnaia, dei Burci, la Pantàna – rispettavano, se pur con materiali moderni, la semplice antica struttura abitativa di quelle campagne: la loggia aveva però sostituito le altane, e il giardino condominiale era subentrato all'aia. Lungo la provinciale, in spregio al decoro benpensante della locale giunta, inatteso, un palestrato in mutande nel bianco e nero perfettamente stampato due metri per quattro proclamava con eloquente silenzio la filosofia sartoriale di uno stilista emergente.

L'appartamento, piccolo, gradevole, ben esposto, era pieno di libri: soltanto il salottino riservava le pareti ai quadri, mediocri ma allegri, e la tavola ai fiori.

«La cara amica Vanda» come aveva detto Miss Parrish, era una donna dall'aria franca di chi porta bene i settant'anni grazie a una vita attiva nel corpo e nello spirito: seduta florida e rilassata su una poltroncina, lo fissava da dietro due spesse lenti. Sul tavolo, teiera tazze e un piatto di baìcoli.

«Certo che ricordo Filippo, fu uno dei miei allievi più brillanti. E infatti, avrà visto anche lei che carriera! Mi dispiacque molto che fossi proprio io a metterlo involontariamente nel mirino della polizia, ma, vede, proprio nell'ora scarsa nella quale avvenne il delitto – perché saprà, vero?, che l'ora si è potuta stabilire con esattezza fra un termine *a quo* e uno *ad quem*, una telefonata fatta a un'amica dalla povera ragazza uccisa – come si chiamava? ah, sì, Mariastella – e il ritorno a casa della signora Dorigo, insomma, proprio in quei cinquanta minuti io passai in via Perdono di Barbana» e accennò con la mano alla finestra, «che come avrà visto non è molto frequentata, e a circa venti metri da casa Dorigo vidi uscire un giovane che indossava la giacca a vento di Filippo. Cioè, uguale a quella di Filippo. E un borsone sportivo. Non era vicino, inoltre avevo gli occhiali appannati, come peraltro specificai ai poliziotti, perché avevo appena comprato un cartoccio di caldarroste e in quel giorno molto freddo il calore delle caldarroste aveva appannato le lenti, ma Filippo, che come saprà era tornato per il funerale della madre, aveva quella giacca a vento molto alla moda, io non me ne intendo ma c'era solo la sua, a Brassanigo, così: rossogrigionera, un disegno strano, molto bello, riconoscibilissimo. Persino per me, che su certi colori sono lievemente daltonica: sì, quando finisce il marrone e inizia il verde? E il verde e il blu?» Bevve un sorso di tè, posò la tazza e sembrò contemplare un'idea. Poi però riprese: «Filippo comunque venne scagionato, aveva un alibi a incastri di orari che reggeva bene, avrebbe dovuto volare per riuscire a uccidere quella poveretta. E così il caso è rimasto irrisolto».

Occhi turchesi più di quelli di Miss Parrish, un gatto entrò, silenzioso, sventagliando la coda. Fissò l'intruso, poi rapido si avvicinò e prese a strusciarglisi alle gambe.

«Che bello! Persiano?»

«No, angora, angora puro: candido, con gli occhi azzurri».

«Ah, ecco. Quanti anni hai?» chiese Melis all'animale, accarezzandolo fra testa e schiena.

«Dodici» rispose per il gatto Vanda Gallavresi. «Un fiocco di cotone, il mio Tatù».

«Tatù?»

«Per Ataturk: l'angora è il gatto della Turchia. A Istanbul ha anche un posto allo zoo. Lei è stato a Istanbul?»

Sì, lui era stato a Istanbul. Riprese le redini: «Filippo non fu l'unico sospettato».

«No, certo che no».

«E forse non fu nemmeno l'unico, fra quelli sentiti dalla polizia, a essere suo allievo».

«Ah!» esclamò alzando gli occhi al cielo l'anziana professoressa, gonfia di soddisfazione: «Si fa prima a dire chi non lo è stato: ho avuto Marco Venier, ed Eros, e la generazione prima Plinio, Marina e Anita, e poi il figlio di Anita...»

«Anita Paronetto? L'ho vista poco fa in negozio. Non ha voluto parlarmi».

Vanda Gallavresi gli versò altro tè, e, dolcemente: «Non pretenderà di essere anche benaccetto, vero?»

«Ricordo bene? Fu Anita che trovò a Mariastella il posto di babysitter?»

«Sì, sa come son fatti i paesi, c'era quasi parentela con Elisa Dorigo, perché lei era nata Scarabello e, ma per dirlo l'italiano non basta, i Scarabeo xera legadi ai Paronetto, che i son zerman consuvrin de la mare de Filippo. Ga capìo?» rise. Sì, Melis aveva capito: la madre di Filippo Artuso era cugina di una Paronetto.

«Quindi Filippo frequentava i Dorigo?»

«Non credo. Ma che c'entra? Elisa Dorigo era amica di Anita che era, lei sì, ortiliana. Anche Anita venne interrogata, a lungo. E come le dicevo anche suo figlio Danilo, che allora, a febbraio, non aveva ancora quindici anni, è stato mio alunno. Fino all'anno prima del delitto, perché poi io andai in pensione. Era bravo, molto bravo. Molto intelligente. Era andato in prima elementare a cinque anni, poi alle medie aveva fatto il biennio sicché a sedici anni, con una media superiore all'8, diede l'esame di maturità: pensi, diplomato a neanche diciassette anni e ora, a ventitré, ha già lo studio di otorinolaringoiatra». Un sorriso: «Ma lei non ha assaggiato nemmeno un baìcolo!»

«Che mi può dire di Marco Venier? So che il padre non vedeva di buon occhio la sua relazione con la Biason».

«Marco era un ragazzo strano, insicuro: non ha mai saputo veramente staccarsi dalla famiglia. Forse frequentare gli ortiliani è stato il suo modo di ribellarsi. L'unico. E di sicuro in quella ragazza avrà trovato quel vento di primavera che in casa mancava».

«Crede che possa parlargli?»

«Non so. È assistente, o qualcosa del genere, a Trento: storia moderna. Però fino a lunedì dovrebbe essere qui». Ebbe uno sguardo complice: «Dai suoi. Vive ancora con i suoi. Ma naturalmente non so dirle se vorrà riceverla».

«Lei che idea si è fatta, del delitto?»

La donna masticò lentamente un frammento di biscotto, poi: «Mi sono sempre chiesta se quella ragazza, che io non ho mai incontrato, non abbia commesso l'errore di ricattare qualcuno».

Melis considerò la cosa.

«Sì, lo so: il particolare del liquido seminale non avalla questa teoria, ma non potrebbe essere stato proprio il colpo di genio per sviare le ricerche? E chissà quanta gente si eccita, a uccidere». E, colto lo sguardo stupito di Melis: «Oh, la storia greca e romana insegna anche questo, caro mio».

Il volto affondato fra collo e spalla, un abbraccio intenso, disperato.

«Io e te. Da soli. Contro tutto il mondo».

Nessuno poteva vederli, se non un paio di occhi azzurri.

Versò nel bicchiere l'Havana Zombie. Prese un grande album fotografico, rilegato in un mosaico di pelle di differenti colori. Lo aprì alla pagina con la foto di un giovane dio.

«Oggi è uno dei più noti pornodivi europei, genere macho latino. Quando cercava di sfondare – facile gioco di parole – come fotomodello, costava poco. Si lasciava possedere per due soldi. Così macho e così passivo». Voltò pagina. «E questo fauno? Ballerino albanese. Ma lui preferiva dire tersicoréo. Se lo passarono tutti. Dal rimming alla penetrazione, era un attimo. Un dolce attimo». Altra pagina: «E questo? Forse va ancora in tivù. Un celebre pallonaro. Tutti maschi, tutti belli, tutti adulti consenzienti. E tutti passivi, tutti inguaribilmente machos e passivi. Questo rientra nella mia noia, ma rientra anche nei comuni parametri di comprensione della realtà?»

I comuni parametri di comprensione della realtà, pensò l'altro guardando il cielo ormai già buio: è un comune parametro di comprensione sopportare le corna? Fra due persone, si disse scolando il cocktail, la mediocrità può essere un vincolo assai più forte di un'ideale.

«*Sia crui sia coti, li ciucia Pinotti*: così dicevano i compagni di liceo. Oppure: *no serve respirar, basta che i ràntegbi*, cioè: per lei, basta che ràntolino. Era una troppo facile. Però, certo, lei oggi, se proprio deve, preferisce ricordare Tetta Bumbum. E invece Anita te l'ha data buca. No, non in quel senso. Ma non sarà l'unica, lo puoi capire. In questi casi, superfluo che t'insegni il mestiere, spremi da altri le informazioni su di loro. Coghetto, forse, e Bratti, certo, e magari anche il proprietario della palestra dove andava il figlio, uno che, come il medico sportivo però con meno stile, le fece la corte, ad Anita, al tempo che era bella, ma inutilmente», e la voce di Lelio si velò di rimpianto.

«Il medico sportivo?» chiese Melis.

«Sì, Strazza Pollastri. Sai, Bratti aveva insistito affinché Danilo facesse sport di squadra: diceva che gli avrebbe donato stabilità nelle relazioni con gli altri. Danilo però preferì le arti marziali. Previa visita di Strazza Pollastri, che forse qualcosa più di un piano quinquennale su Anita l'aveva anche concepito, ma lei non ha mai voluto risposarsi. Figuriamoci un mordi e fuggi con uno come Alex Randelli Ciocca, il proprietario della palestra: uno che poi le racconta al bar, conquiste e posizioni, non so se mi spiego».

Malighetti si spiegava. Dalla voce, al telefono, Melis riusciva a immaginare l'espressione del viso.

«C'è una sola palestra, qui a Brassanigo?»

«Sì, una sola che conti, la RC di Randelli Ciocca, e Alex, per solidarietà sportiva con i Razza Piave, porta lo stesso colore, il verde: borse da ginnastica, asciugamani, accappatoi, tutto si può acquistare da lui, con il logo della RC, ma tutto è verde. Che poi, oggi, come dire?, il verde segue anche l'onda politica, no?» Malighetti era su di giri, quella sera, al telefono. «Però fino a lunedì non ci vediamo: domani ho la prima comunione di mia figlia, la minore» e avevano chiuso lì la conversazione.

«Ah, la minore: Onana» aveva detto Miss Parrish, quando aveva offerto a Melis un gin prima di cena: acqua tonica, fettina di limone e Bombay Sapphire. Con mandorle salate.

«La minore *cosa*?»

«La figlia minore di Malighetti, Onana. Si chiama così, Onana».

«No, non ci posso credere!»

Dalla finestra, nel broletto poteva vedere Ganesh, padrone del tempo, impassibile sotto ogni cielo. Dov'era Mushika, il topo, la sua cavalcatura, il simbolo della mente vogliosa dominata dal dio che ha rescisso da sé ogni terrena bramosia? Dovevano pur esserci topi, a Brassanigo.

«E fa bene» ridacchiò Miss Parrish. «Ma è una bella storia maligna, e la dice lunga sulla provincia. Vede, al momento di scegliere il nome della piccola, che è la terza dopo Livio, il maggiore, e Laura, la mediana, al momento di scegliere, dicevo, la moglie di Malighetti, Daniela, grande appassionata di Chaplin e, a dar retta alla Brassanigo bene, charming come le sorprese nei cioccolatini, decise di chiamarla Oona. Be', dico io, sempre meglio di Laetitia o di Hortensia. Prima, però, poiché è molto religiosa, si consultò con il parroco di Sant'Anna, la loro chiesa. E poiché Oona è antico nome celta che significa *inimitabile*, e si ritrova in composti come Aimone – ma se la vede in terra veneta una ragazza di nome Aimona? – il parroco disse sì. Senonché all'anagrafe comunale l'impiegato era un ex compagno di scuola di Lelio, e i due non si posson soffrire, come dite voi italiani. Sicché quando Lelio sillabò Oona, l'altro, fosse bevuto o fosse in mala fede o semplicemente avesse capito male, registrò Onana. Ma al primo documento legale...»

«Quando Onana era ormai Oalta?»

Miss Parrish lo squadrò senza capire. «No, già proprio per il battesimo, credo, l'errore saltò agli occhi e Lelio con gran perdita di tempo e di buon umore riuscì a farlo correggere. Ma la storia era ormai circolata, sicché la povera Oona vien da tutti chiamata Onana. Alle sue spalle, certo». Finì il suo gin, contemplò il nulla: «Una istruttiva vicenda di sana provincia».

Cerlonga e Brassanigo, domenica 13 novembre 1994

«Del resto, cosa chiede il Sultano? *Tu mi dovresti trovar un'italiana*, dice, non toscana o napoletana o veneziana: dice italiana. E Rossini la scrive nel 1813, *L'italiana in Algeri*, quando politicamente l'Italia ancora non c'era. E questi sognano di disfarla! Disgusting mona! Dirty farabutti! Dico bene, Margareth?»

Tutto era iniziato nel tardo pomeriggio di sabato, quando, finito il gin tonic, Miss Parrish aveva sorpreso Melis a studiare una foto incorniciata in salotto, due giovani donne, capelli al vento, sul ponte di una barca a vela, un'isola alle spalle.

«Sì, quella a destra sono io, l'isola alle spalle è l'Ottagono Alberoni e l'anno era il 1951».

Melis non aveva detto nulla. Lei, consideratolo per qualche istante:

«Trova che manchi qualcosa?»

«Nella didascalia? Sì, ma sono educato e non chiedo».

«Ci eravamo conosciute alla Fenice, poche settimane prima. Cristina studiava al conservatorio. Fu breve, intenso e, naturalmente, infelice».

«Si sposò?»

«No, stava tornando a Roma da Cagliari: quello che le cronache chiamano disastro aereo di Sinnai. 26 gennaio 1953. Diciannove morti. Uno era lei».

«Mi dispiace» mormorò Melis.

«Cessai di vivere. Poi si ricomincia, no? Con un altro sguardo sul mondo, ma si ricomincia. Non le sembri strano ciò che sto per dirle: io so di essere stata una privilegiata in questo secolo, eppure, grazie a questa mia particolare natura, in ogni fibra del mio corpo io ho sempre – sempre, capisce? – avuto la consapevolezza di poter perdere tutto in un istante. Per questo, capisce?, sono felice di essere come sono. Mi capisce?»

Melis annuì. Sì, la capiva. E l'ammirava. Ebbe la netta sensazione di cogliere in lei lo stesso cheto sguardo tollerante e lontano di chi appartiene alla stirpe dei perseguitati e da altezze sulle quali risplendono costellazioni a noi ignote guarda al mondo come a una malattia. Quella donna aveva ormai scelto il pianeta dei naufraghi.

Ma Miss Parrish aveva già buttato il passato alle spalle: «Cena fuori? Da solo? Brutto, cenar da soli sabato sera. Faccio una proposta: stasera è mio ospite, riso e zuchete, fortagia de moleche e torta Nicolotta. In cambio domani – che tanto qui di domenica non potrebbe incontrare nessuno – lei mi porta in auto in un bel posto che di sicuro non conosce, il borgo di Cerlonga, dove, oltre alla chiesa di san Liberale che ha un bel ciclo di affreschi, conoscerà la mia amica Toti. Ha presente il famoso soprano Toti Cattadori? Well, lei. Ora è anziana quanto me, e si è ritirata a Cerlonga son molti anni. Potrebbe anche raccontarle qualcosa, della Brassanigo bene – e forse, se ne ha voglia, anche di quella male».

Così ora, visitata la chiesa, ammirati gli affreschi – discepolo di Altichiero: ah, chissà se Fiorenza li aveva visti quei de quatuor hominis novissimis: Morte, Iudicio, Inferni poenis, Gaudiis coeli, ad horrorem peccati – e il borgo, sospeso su un poggio fuori dal tempo, indifferente ai capannoni che fiorivano la pianura, ora si trovavano nel grande salone della villa del celebre soprano. Colma di anni e trionfi, Toti Cattadori avvolta in grandi scialli cachemire sembrava un enorme fiore di nepenta, sensazione resa più forte dalla quantità di alte mostruose piante tropicali in vaso che le facevano da guardia nobile. Sembrava valere, per lei, quello che uno fra i più colti e intelligenti scrittori italiani del secolo breve aveva scritto della biblica Sara: un fiore meraviglioso che invece di appassire sembra mutarsi in una vita più ricca e strana grazie a un lento processo di autoimbalsamazione. Anch'ella, del resto, era a suo modo una principessa cresciuta nel culto degli idoli. Dall'antica tappezzeria alle pareti, un disegno in seta lì da oltre due secoli, vivaci uccelli esotici si affacciavano dal fogliame a renderle omaggio: pappagalli, paradisee, fenici, colibrì, persino due grandi fenicotteri rosa. E farfalle, naturalmente. Vivi di eterna vita irreale, tessuti da mani ormai da tempo polvere. Un cameriere di mezz'età in giacca bianca – non lo stesso uomo in fustagno e stivali di gomma che aveva aperto loro il cancello del giardino, notò Melis – aveva servito un elaborato tè all'inglese, con due alzate, dolce e salato. Tè che Melis prese liscio e non zuccherato, mentre il soprano celebre ai dì passati aveva schizzato un rapido insieme della locale classe dirigente che aveva portato a poggiare sull'autorità di Rossini.

«Alcuni anni fa a Sant'Arcangelo di Romagna lessi una lapide, dedicata a tal Germano – germano, fratello già nel nome – che andava lungo il fiume e in groppa alle colline per assaggiare vino che sapesse di viole e acqua di pozzo che sentisse di menta. Faceva il calzolaio e morì a 94 anni, e i suoi parenti trovarono un libretto postale ricco, molto ricco: ricco di trent'anni di assegni che lo Stato gli versava per la morte del figlio, ufficiale d'artiglieria nella Grande Guerra, e che lui, per rispetto del figlio, non aveva mai voluto toccare. Vivendo del suo mestiere di calzolaio».

L'umile Italia delle tamerici, pensò Melis. Dove un padre calzolaio poteva avere un figlio ufficiale d'artiglieria. Non era stato Papunà ad accusare i comunisti – cioè chiunque non fosse suo servo – di voler mandare all'università, mostruoso!, anche i figli degli operai?

«E cosa è successo, in questi pochi anni?» continuò Toti Cattadori. «Qui, in questo Veneto barbaro, sì, ma non di muschi e nebbie come diceva Parise, il nonno aveva la bottega, il figlio ha messo su la fabbrichetta e il nipote pippa cocaina. Evadono le tasse, tutti, più o meno, ma Roma è ladrona, per loro! O Padania o morte? No, prima della Padania vengono i sghèi, e la morte non è contemplata. Che poi, cos'è mai, la Padania? Eppure, nel dolce Veneto, otto su dieci ci credono, e van dietro a un gripolaro che non è nemmeno di qui».

Senza parere, Melis iniziò a far domande.

Bernardi? Tutto fascio e chiesa, l'unica cosa buona era che detestava la New Age. Ma lo muoveva il Biesuz, anzi nemmeno: perché ormai Biesuz il cervello l'aveva messo nel frigo, era andato in frolla per quella là, la Cozzolino, attrice di bocca buona, proprio, sì, era il caso di dirlo. Ecco, lei sì, la Cozzolino era stata ortiliana. Oh, un po' per fare yoga un po' pensando potesse servire alla carriera. Si diceva ci fosse stata una discussione a muso duro, in azienda, fra Campobernardo e Venier padre. Chi era Campobernardo? L'ingegnere genero di Biesuz, anche se tutti nell'ombra lo chiamavano Campobernarda, e la Biesuz figlia era un esemplare di pecora cornuta. No, non perché Biagio – il Campo della Bernarda – fosse l'amante della Cozzolino, no: sapeva rispettare la forma. Con l'amante del suocero, mai. Ma con tante altre... Come? Perché la discussione con Venier? Era perché si diceva che la Cozzolino si fosse divertita a far innamorare Marco Venier. Fosse poi vero... Comunque, fra l'ingegner Biagio e Venier padre, tra frigoriferi e lavatrici eran volate parole. E poi tra i due Venier, padre e figlio, sì, ma anche tra marito e moglie, perché Biagio era pur sempre il padrone. No, lei non conosceva i Venier, queste cose gliele aveva raccontate la sua cuoca, che era amica stretta della cognata di un'amante di Biagio.

La visione del tutto compressa in istante può esser capace di uccidere.

«L'ingegner Biagio Campobernardo, che, come lei saprà, si dice abbia rifondato gli ortiliani».

«Sì, me ne ha accennato Bratti. Ma ora è qualcosa di molto diverso dalla setta di allora».

«Può dirlo. C'è chi sostiene che sia uno scannatoio formato orgia, chi lo ritiene un paravento per incontri d'affari molto riservati».

«Campobernardo è imparentato con i Fioccadori» intervenne Miss Parrish.

«Sì. E i Fioccadori, me lo assicura un caro amico ben informato delle segrete cose, stanno trattando la cessione del 15 percento dell'azienda al gruppo... aspetti... Blasco, no, Blunda, il grande gruppo dolciario. Siciliani, e questo, qui, non piace. Ma ora, con l'attuale agonia governativa la trattativa sembra sospesa. Non che questo c'entri con quella povera morta, però. Lei non sospetterà gli ortiliani di Campobernardo, vero?»

«Secondo un antiquario, Sianesi, bisogna cercare altrove».

«Infatti non ho detto che si debba cercare fra gli amici e le amiche di Campobernardo. Quanto a Sianesi» inghiottì una barchetta al caviale, «ha presente la storia dei ciechi e dell'elefante? No? Il maharaja fa toccare un elefante a tre ciechi dalla nascita e chiede loro di descriverlo: il cieco che vive nella giungla dice che è come gli alberi, quello che vive in riva al mare dice che è come le grandi balene morte sulla spiaggia, quello che vive in città dice che è come le colonne del tempio. E quella *brònza quèrta* di Sianesi vede invertiti ovunque, e conseguenti ricatti. Lasci perdere». Sorbì il tè e finse di doverlo rimproverare: «Ma basta, lei mi fa sembrare proprio quella pettegola inacidita che sono!»

Melis chiamò in soccorso il galateo la galanteria e tutti gli antichi dèi pagani affrescati seminudi sul soffitto, mentre la Toti azzannava un tramezzino con polpa di granchio.

E nella giungla si levò inaspettato lo gnaulìo di un felino affamato.

Melis fissò stupito il gatto che dalla soglia lo fissava, regale sovrano indifferente: Tatù? La Toti seguì il suo sguardo, e in quella il gatto stregatto si moltiplicò facendosi in quattro. Quattro identici gatti pelosi, bianchi come neve, gli occhi di zaffiro.

«Sono angora?» chiese lui a mezza voce, ammirato.

«Sì, certo, purissimi angora. Nel 1981, l'anno che spararono al papa e al presidente egiziano, un mio ammiratore, ma sì, posso dirlo, l'allora ambasciatore turco, mi donò Tamino e Pamina: due batuffoli di cotone, due minuscoli fiocchi di pelo. Non ci crederà, ma a otto mesi Pamina era pregna: quattro meravigliosi cuccioli, tre femmine e un maschio. Alida e Zulma le ho tenute io, l'altra gattina la regalai agli Sparapan, Danilo desiderava tanto un gatto. Il maschietto lo prese la mia amica Vanda, e lo ha battezzato Ataturk». Sorrise alle bestiole: «Naturalmente, li ho fatti sterilizzare».

«Sì, ho conosciuto Ataturk» disse conversevole Melis. «Ma con Sparapan intende Anita Paronetto?»

«Sì, certo, il marito adorava i gatti. Certo, dopo la sua morte, un gatto in casa... Ma il piccolo Danilo lo desiderava tanto. Non c'era randagio che non cercasse di accarezzare. Sicché» rise, «aveva sempre le mani graffiate. La sua insegnante di piano diceva che le faceva sempre impressione vedere quelle mani graffiate suonare con tanta esattezza. Certo, adesso con Selima in casa è più prudente, non cerca più i randagi: rogna, pulci... via!»

«Con Selima e con lo studio medico, Toti» intervenne placida Miss Parrish.

«Selima è la moglie?»

«Ma no! È la gattina» precisò la Toti, stupita che ci si potesse confondere.

«Danilo vive ancora con la madre» precisò Miss Parrish. «Anche se i buoni partiti non mancano».

«Anche lui oggi è un buon partito: bel ragazzo, medico già affermato, colto» elencò la Toti.

«E con il pianoforte? Ha continuato?»

«Non certo a livello professionale. Però ha una buona tecnica, l'ho ascoltato diverse volte. Ma gli manca la passione, gli manca il sentimento: è perfettamente esatto, filologico, ma freddo come una macchina. Del resto, Leonard non dice forse che la musica classica andrebbe chiamata piuttosto musica esatta?»

Leonard, superfluo precisare, era Leonard Bernstein.

«La madre era ortiliana, l'ho conosciuta nel negozio dell'architetto Coghetto. Non vuole parlarmi».

«Si rassegni, credo che nessuno di coloro che ai tempi vennero sentiti anche soltanto come testimoni abbia voglia di parlarle».

«Bratti mi ha ricevuto e mi ha parlato».

«Ma Beniamino fa storia a sé» osservò placida Toti Cattadori. «Pensi, ci eravamo conosciuti quando lui a Parigi collaborava con quella grande designer irlandese, Eileen Gray. La guerra era finita da poco, Parigi rinasceva. Ma temo che a lei dei miei ricordi non importi, vero?»

«Signora, non sarà certo un capitolo del mio libro ad accrescere la sua fama, ma, mi creda, l'ascolto con molto piacere» rispose lui sotto lo sguardo allarmato di Miss Parrish.

Alle sette di sera stavano ancora rilucendo i cristalli del Met, quando il Met era il Met e New York, New York.

Domenica. Di novembre. Al tramonto. A Brassanigo. Di peggio, soltanto la zattera della Medusa, si disse Marina Pinotti sorseggiando un calice di merlot. Che poi, dopo un intero pomeriggio fra Mara Venier e Bisteccone Galeazzi sul primo, Enza Sampò – ma guarda te, Enza Sampò – sul secondo e Gerry Scotti e Gabriella Carlucci su Canale Cinque, oltre al merlot, si disse occhieggiando di sbieco il piattino con rondelle già scorzate, anche la sopressa veniva giusta. Quella palladiana doc, con una *p* sola: sopressa. Il sole, fuori, si era suicidato lentamente. Sulla solitudine del campo di rugby ormai doveva aleggiare soltanto la gialla luce dei lampioni. La partita bella e che finita. E dopo? Dopo? Il solito sesso, fra lenzuola ormai da cambiare. Dopo. Oppure, se andava male, la televisione. C'era *Rossella*, l'attesissimo seguito di *Via col vento*. Giusto. Domani è un altro giorno. E intanto, quel tipo venuto a ramenar da fora in quella brutta storia, che spolvaròn avrebbe alzato?

Allungò la mano, si portò alle labbra una fetta di sopressa. Aveva il sapore della delusione.

Immerso nella penombra della sua tana, Gatto Sianesi faceva le fusa. Benché fosse domenica – anzi, proprio perché era domenica – era lì, con la serranda abbassata, per quel cliente così speciale.

«Vede, ingegnere? Un esemplare perfetto».

De Delictis et Poenis tractatus absolutissimus recitava il frontespizio figurato a drappo sorretto da putti che recavano i simboli della Passione di Cristo, e sotto: *Auctore* A.R.P. *Ludovico M. De Ameno.*

«Ludovico Maria Sinistrari da Ameno» mormorò fra sé l'ingegnere. «Frate minore, giusto?»

«Oh» si schermì Sianesi, «non è certo lei che deve chiedere a me».

Sembrava un complimento e invece era una stoccata. Del Sinistrari l'ingegnere aveva già, procurato da lui, il *Peccatum mutum*. Per non parlare d'altro.

«Non è la prima edizione» osservò l'ingegnere, che i sghèi li aveva proprio perché sempre attento a spenderli.

«Ma venne messo all'Indice dei libri proibiti nel 1709! Questa è l'edizione Giannini, romana, del 1754. Ultimo volume dell'opera omnia. Volume, come dire?, a sé stante. E poi, ingegnere, consideri la pergamena d'epoca con titolo in oro al dorso, perfetta, e il grande stemma araldico al piatto».

«Già. Di chi è?»

«Gaetano Boncompagni, il duca di Sora».

L'ingegnere scosse il capo, come a dire: bah! ma Gatto Sianesi sapeva che non contava lo stemma, né la perfetta conservazione della legatura, agli occhi dell'acquirente, né l'assenza di foxing sulle pagine. No, quel che contava, per l'ingegnere, era che il volume costituiva il più vasto minuzioso e straordinario repertorio sui delitti a sfondo sessuale mai edito, e non solo in Antico Regime.

L'intero campionario di trasgressioni, crimini, reati, nefandezze, orrori e delitti che la natura umana possa aver messo in pratica nel corso dei secoli veniva preso in esame dal dotto frate francescano, con particolare e quasi maniacale acribia per tutto ciò che pertiene a erotismo demonologia e reati che coinvolgono la sfera sessuale.

«Perciò venne messo all'Indice» incalzò sornione, passando lieve la lingua sulle labbra esangui. «Delle seicentodieci pagine colpiscono per chiarezza e precisione descrittiva quelle, e sono tante, dove si parla senza peli sulla lingua, se così posso dire, di omosessualità maschile e femminile, tribadismo, sodomia femminile, congiunzioni carnali con animali, erbe e pratiche anticoncezionali con dovizia di esempi e di particolari e con le corrispondenti condanne. Il che, tra parentesi, come nota Louis Compton in un celebre studio, smentisce l'idea dell'impunità lesbica in Antico Regime».

L'ingegnere sfogliava muto, e Sianesi proseguì.

«Di grande fascino, per chi ne sappia apprezzare gli aspetti teologici, è anche la sezione riservata ai rapporti sessuali col diavolo: quelli tra streghe e Demonio, i sortilegi, i patti demoniaci, gli incubi e i succubi forniti della capacità di avere autentici e completi rapporti carnali con gli umani e alla loro resistenza agli esorcismi».

«Sì» l'ingegnere teneva il punto, la voce era indifferente. «Prima frate Ludovico aveva scritto il *De Demonialitate et Incubis et Succubis* che è nel primo volume dell'opera omnia».

«Sì, certo. Ma questo, e in questa edizione, è libro di rarità assoluta. Non stupisce» la lingua saettò nuovamente tra le labbra, «che l'Indice l'abbia posto, per così dire, sotto la propria cappella. E, per lei a un prezzo, mi lasci dire, di affezione».

Alzò le dita delle mani, non tutte e dieci. L'ingegnere inarcò un sopracciglio.

Gli occhi di Sianesi scintillaron lubrichi. Concesse all'altro l'onore delle armi, il tempo di fingere di esaminare il volume. Poi questi trasse il portafoglio, contò lento alcune banconote con Caravaggio e il suo canestro di frutta e lo scambio di carte ebbe luogo.

L'antiquario precedette il cliente all'uscita di servizio, che dava su un vicolo sempre deserto.

"Eh" pensò richiudendo la porta, "brutta cosa il *peccatum mutum*. Specie se sei sposato e abiti in provincia. Non puoi nemmeno tirare sul prezzo, caro il mio ingegnere".

I Razza Piave avevano perso 17 a 9, mettendo a segno soltanto tre calci piazzati. E Leonardo Trevisan, mediano di apertura, sapeva infondere in quel gesto tecnico tutta l'estetica che anima l'*Apoxyomenos* di Lisippo, l'auriga di Mozia e il discobolo di Mirone, si disse Plinio Coghetto. O, ancora Lisippo, il Giovane vittorioso. Ma i Razza Piave avevano perso lo stesso.

Era andato negli spogliatoi a consolare l'amico Stefano, allenatore bravo, dicevano i brassanigotti, ma sfortunato, ed era entrato a salutare i ragazzi. Nudi, sotto le docce bollenti. Ammaccati, sconfitti. E forse proprio perché sconfitti, ancora più seducenti nella loro maschia bellezza: belli, come diceva il poeta, belli di fama e di sventura. Eccolo, Leonardo: un dio. Potente muscolatura, ma corpo alto e slanciato, tutt'altro che greve. Considerò le cosce: i muscoli flessori, e i vasti, e gli adduttori. E lo psoas maior, già. Come pompavano, quelle cosce, quando Leonardo si faceva la sua ex moglie? Per soldi, poi, non per passione. Gran parte dell'assegno che lui, Coghetto, passava a Marina, serviva per pagare le prestazioni sessuali di quello stupendo esemplare della famiglia degli ominidi, genere *homo*, specie *sapiens*. Che, certo, proprio in quel momento, come a caso, sapientemente esibiva un gluteo massimo da spenderci, a botta, anche lo stipendio medio mensile di un italiano, ovvero, secondo statistica, un milione e duecentomila lire, cioè un quinto scarso di quel che guadagnava mediamente lui, Coghetto. Senza nemmeno sbattersi tanto.

«Come?»

Ecco, si era distratto.

"Cristo" pensò Stefano, "ma Plinio proprio si perde, dietro questi ragazzi!"

Quella, pensò Malighetti scrutando la nuova cassiera del bar, era come l'Isonzo, corto ma dalla notevole portata d'acqua: 150 metri cubi al secondo, cubo più cubo meno. L'Adige, per dire, che pure quanto a lunghezza era il secondo fiume d'Italia, scendeva al quarto posto per portata d'acqua: 235 metri cubi al secondo, meno del doppio, anzi, dunque... esattamente il 56,6 percento periodico in più dell'Isonzo. Che, certo, lungo appena un terzo dell'Adige, fruiva però delle invisibili sorgenti carsiche.

Quanto a sorgenti, invece, quelle della nuova cassiera erano tutt'altro che invisibili. Malighetti le studiò con occhio esperto, quelle poppe prosperose: un po' po' di poppe. E, certo, una volta incinta, le sorgenti carsiche della maternità avrebbero fornito a quel ben di Dio alimento da aprirci una latteria. Proprio il tipo che piaceva a lui, piccola e... Sì e no un metro e cinquantacinque per quaranta chili, dei quali, però, quattro – il 10 percento – concentrati lì, in quelle due gobbe da dromedario portate orizzontali. E dunque, in litri? Vediamo, se l'antico mastello veneziano corrispondeva a 75 litri, e si divideva in sette secchie, ciascuna composta da quattro boccali, e seicento mastelli facevano un burchio... Ma no, che c'entra il burchio? No, no, il burchio lascialo perdere... Sette secchie da quattro boccali ciascuna, allora ogni boccale... ah, peggio che con sterline e scellini, che però alla fine anche loro, gli inglesi, da quasi un quarto di secolo si erano convertiti al decimale... Torniamo alla cassiera, Lelio. Dunque, 75 diviso 28... per quattro chili di tette... sì, 10,7. E l'Isonzo faceva 150 metri cubi al secondo... Ma, già, 10,7 cosa? E quanti litri è, un metro cubo?

Si strappò ai suoi calcoli: dalla toilette del bar la madre dei suoi figli stava tornando al tavolo.

Le belle domeniche. Quando anche il Prosecco è finito.

«Pare che gli Zahuri vedano il cadavere attraverso la terra che lo ricopre. Il prete è lo Zahuri del nostro cuore». Vanda Gallavresi richiuse il libro, l'indice fra le pagine. Fissava, senza vederla, la tazza di tè. Quell'uomo, quel Mani, era dunque uno Zahuri? O non forse, addirittura, un prete? Perché, in tal caso... No, inutile telefonare a Maggie. Che poi, cosa avrebbe risposto? Avrebbe citato quel poema di Melville: *Such natures, and but such*... Tali nature, ed esse sole, hanno familiarità con strane cose che dimorano represse nei mortali. Scosse il capo, riaprì il libro e riprese a leggere la storia del cavaliere des Touches.

La chiesa ormai deserta, nella piccola cappella la luce incerta delle candele illuminava le spalle di un uomo curvo in avanti, raccolto. In preghiera? No, ammise l'ingegner Dorigo, lui non pregava. Meditava. Sul grande mistero della Creazione. Perché i mammiferi non erano come le lumache, ermafroditi? Perché, come le amebe, non potevano riprodursi per partenogenesi? Certo, questo avrebbe pressoché annullato ogni forma di vita sociale, ma non era stato Caino a edificare la prima città? Molte grandi religioni attribuivano al Principio Primo, al Creatore, natura a un tempo maschile e femminile. Anche i primi cristiani – i mandei, per dire, o i naasseni – dicevano Dio essere androgino, e così pure Adamo, sino all'infausta separazione di Eva. Eva, strumento dell'Avversario, veicolo della caduta, porta della dannazione. Eva, causa e origine della propria e altrui morte, corporale o spirituale che fosse. Eva, proprio come quella povera ragazza dal nome sul quale si sarebbe dovuto meditare: Mariastella, la cui morte... Si riscosse. Ma cosa mai andava farneticando? Si alzò in piedi e, senza segnarsi, uscì.

Brassanigo, lunedì 14 novembre 1994

Poiché Marco Venier al telefono era stato formalmente cortese ma categoricamente ostile – «Non voglio ricordare un momento per me drammatico e doloroso: non insista, non intendo né parlarle né tantomeno vederla» – il mattino era trascorso riportando ordine fra tutto il materiale messo insieme.

E, per inciso, quando si era ricordato di chiedere a Miss Parrish, sulla via del ritorno, la sera prima, chi fossero le donne di casa Fioccadori, lì in città, lei aveva risposto:

«Perché lo chiede?»

E, avendole accennato all'aneddoto delle verze, carpito al ristorante del Cicio, «Oh» aveva riso lei, «quella allora è Alma, la sorella di Biagio Campobernardo: ha sposato l'attuale assessore allo Sport, Gino Fioccadori. Stretto amico dei Biesuz. Per il popolo. Per il fare. Contro il teatrino della politica. Il suo motto potrebbe essere: Una mano lava l'altra, entrambe si industriano. E se non fiocca oro, che i fiochi almanco i sghèi».

«Comunque» aveva concluso Miss Parrish, «come dite voi italiani, fra moglie e marito ci rimetti lo zampino».

Cosa aveva detto, del medico sportivo, il Sianesi? Peraltro, considerato inattendibile da due vecchie volpi come Maggie&Toti. E richiesta di notizie sullo Strazza Pollastri, Miss Parrish aveva sostenuto di non saperne nulla, benché lo studio fosse aperto da almeno dodici anni.

«Un professionista stimato» aveva aggiunto, per quel che poteva significare.

Nel pomeriggio sarebbe passato comunque da Coghetto, e poi dall'altro amico di Miss Parrish, il celebre alpinista molto legato a Sparapan padre. Un uomo interessante da conoscere a prescindere, sosteneva Miss Parrish, ma che qualcosa sulla cittadina poteva ben raccontare.

«A lei, nel suo libro, interessa anche restituire il clima di quegli anni, vero?»

No, non era vero. Ma per tutti loro doveva sembrare il contrario.

Se quello fosse stato uno degli improbabili gialli di Agatha Christie, Vanda Gallavresi sarebbe stata l'ideale colpevole. Sola nella strada, era l'unica ad aver visto uscire il misterioso giovane in giacca a vento. E se invece nessun giovane fosse entrato e uscito nel condominio dei Dorigo? Se fosse stata lei, Vanda, a entrare, a uccidere (perché?) e poi a uscire non vista, inventando tutto per distrarre gli inquirenti dalla propria presenza lì, nel momento in cui il delitto si era compiuto? Inoltre, un modo prudente per evitare il rischio di testimonianze terze, qualora qualcuno l'avesse vista passare. Otto anni prima, sarebbe stata in grado, seppure a fatica, di uccidere una ragazza giovane, sì, ma minuta. E le tracce di liquido seminale? Oh, Poirot sarebbe riuscito a spiegare anche quelle. Grazie a Tatù, magari. O alla scoperta che Vanda, oplà, era Vando. A ben altro aveva abituato i propri lettori quel pomposo imbecille belga. Belga! Bella polizia, poi, quella: non aveva saputo ritrovare il Polittico di Gand e si era sempre fermata molti passi prima del dovuto in ogni inchiesta di pedofilia. Poirot, sì: ma mi faccia il piacere! Lui, invece, lui l'aveva vista in faccia, Vanda Gallavresi, e sebbene ne avesse conosciuti, di assassini dai volti angelici, no, lui sentiva che l'anziana professoressa in pensione con il delitto non c'entrava un ciùffolo.

Chiamò Malighetti che però, no, quella sera non poteva cenare con lui. Anche la famiglia, talvolta, faceva valere i propri diritti.

«E poi è lunedì, il Cicio è chiuso. Sì, anche il Cerigoto».

Un consiglio? Al Ziogo de l'ostrega.

«Digli pure che ti mando io. E lì capirai perché si chiama così».

Noto dagli Appennini alle Ande come Five Zeta, Galeazzo Heinz Mazzon, venetico, veneticissimo già dal tronco cognome (quanto al nome, si disse Melis, l'Impero colpiva ancora) con i suoi molti ottomila scalati sino alla vetta costituiva una gloria non soltanto locale ma che in loco, a Brassanigo, si poteva ammirare, benché solo in certe ore, al banco del bar Yak&Yeti. Accanto a classiche ombre e cichéti, in quel bàcaro dal nome quanto mai esotico ed evocatore il viandante poteva ordinare tutti gli international cocktails e quegli strani beveroni di vegetali centrifugati resi ancor più dietetici e rinfrescanti con l'aggiunta di aneto citronella zenzero e, forse, chissà, mandragora, ben noti, allora, negli States ma in Italia offerti soltanto in pochi bar di Milano dove il futuro, assicurava una vecchia pubblicità, arrivava cinque anni prima.

«Lei non può ricordarsi di me, mi chiamo Nereo Mani. Ci siamo conosciuti al bar del Royal Hotel di Katmandu nel 1976».

Non era vero, se non per interposta persona: un amico di Fiorenza, studioso di arte orientale, anni prima gli aveva narrato dell'incontro fatto, lui sì, in prima persona.

«Be'» sorrise aperto l'uomo, «in effetti non mi ricordo, ma sa com'è, si conosce tanta gente».

«E vent'anni fa io ero diverso: giovane» ammise Melis.

«Anch'io, se è per questo. Si era giovani. Sarà stato gennaio 1976, stavo preparando la scalata del Dhaulagiri per festeggiare i miei cinquant'anni».

«Sì, a dire la verità era Capodanno».

«Figurati se posso ricordare. Ci sarà stato un tal casino. In effetti i mesi migliori sull'Himalaya sono maggio-giugno e gennaio-febbraio. Noi andammo su a gennaio, arrivai in cima il 21, la mia data di nascita».

«Un gran bel regalo».

«Sì, anca perché quando che ero un ragazzino, o come diciamo noi autoctoni, un putélo, con la scusa del Natale se andava di lusso al mio compleanno vedevo un mandarino». Rise, versandogli un secondo bicchiere. «Ma questo era un paese migliore, quando era ancora povero. Questo lo offre la casa» e levando alto il suo: «Ai bei giorni himalayani».

«Ai bei giorni himalayani» gli fece eco Melis. Faceva piacere pensare che quell'uomo fosse pulito, sicuramente estraneo al delitto. Dai giornali locali risultava in Nepal fra gennaio e febbraio 1986.

Glielo ricordò.

«Sì, l'Annapurna, per il sessantesimo genetliaco. Bella festa, sì, bella festa. Però, al ritorno...»

Galeazzo Heinz Mazzon lo fissò, il volto improvvisamente fatto pietra. «Cos'è? Sei un giornalista?»

Melis posò il bicchiere, interdetto.

«Sei tu quello che rivanga sull'omicidio di quella ragazza?»

«No, rivangare no, non proprio. Però chi l'ha uccisa è ancora impunito, è triste pensare a quella poveretta che non ha nemmeno giustizia».

«A lei, ormai, della nostra giustizia... Ah, ho capito: sei quello che vuol scriverci su un libro». E, a braccia conserte, poggiato al banco, lo guardò come si può guardare un coccodrillo steso sul tavolo operatorio.

«Il caso non è formalmente chiuso» disse asciutto Melis. «Un libro può aiutare a far pressione sulle autorità».

«E cosa ci facevi, tu, a Katmandu?»

Ogni alpinista ha la sua via, si disse Melis. Optò per una reticenza, che per i Gesuiti non è peccato.

«Conosco il professor Rognoni, lo studioso di arte orientale».

«Ah, sì, ora ricordo. Ah, ecco, eravate lì insieme».

Questo io non l'ho detto, pensò Melis.

«Era appena tornato dal Terai occidentale, vero?» continuò Five Zeta.

«Sì, Lumbini, la patria del Buddha». E questo poteva dirlo con sicurezza, perché il volume era stato pubblicato da Fiorenza.

«Ho una bella biblioteca sull'arte e sulla cultura tibetana, a casa» disse il vecchio alpinista, quasi sovrappensiero. «Be', cos'è che vuoi sapere, da me?»

Rinnovata la scorta di tabacco e fiammiferi dalla tabaccaia sempre incagliata su quella definizione per lei misteriosa – «Le hanno tutte e cinque!» – ora, sbuffando lente nuvole di fumo dalla pipa, Melis camminava piano riassumendo la sostanza della conversazione. E così, rimasta vedova, Anita Paronetto si era dedicata interamente al figlio e agli ortiliani. Che per breve tempo, e al solo fine di compiacerla, erano stati avvicinati con molta cautela anche da tal Giacomo Antelmi Barbaran, un avvocato amico di Sparapan padre. Costui, accertatosi che la setta fondata da Bratti non costituiva una pericolosa minaccia, si era poi limitato ad assistere e consigliare Anita nelle questioni pratiche dell'esistenza. Questo, almeno, a detta di Five Zeta. Che: «No» aveva aggiunto, «nessuna relazione sentimentale. E nemmeno un Ersatz paterno con Danilo. Il ragazzo era molto chiuso, allora: un po' età e carattere, un po' la morte del padre, non permetteva a nessuno di superare un certo limite di intimità, e ti assicuro che era un limite molto ridotto».

Benché divorzista, Barbaran aveva curato le pratiche ereditarie di Anita, che aveva investito tutto nel futuro del figlio, promettente studente allora, giovane e brillante medico oggi.

«Divorzista?»

Eh, sì: Antelmi Barbaran era stato l'avvocato di Marina Pinotti.

Interessante, si disse Melis. E si fermò. Il negozio di Coghetto era lì. E non era vuoto.

Oltre la porta di cristallo a doppio scorrente, una specie di Winnie the Pooh era impegnato con una vistosa Vedova Nera: cioè, vedova forse no, nera sì. Neri i pantaloni infilati in lunghi stivali neri, lucidi come il nero giubbino di pelle: e la camicia a jabots, candida, contribuiva a far risaltare ancor di più la cascata di lunghi e fluenti capelli neri, di seta nera come gli occhi profondi. E il cappello, sontuoso, esagerato quasi, appariva tuttavia di una semplicità disarmante: la stoffa nera, se stoffa era, consisteva in una cupola tagliata sghemba e ornata di un lampo Art Déco rosso come le labbra della donna, una cupola al centro di una tesa inclinata, larga e ondivaga, incredibilmente larga e superba e stabile, a dire l'altezzosità consapevole di chi non è toccato dal mondo. E poiché Melis non aveva mai sentito parlare di Philip Treacy, che si affacciava allora al clamore di quel ristretto universo, l'unico nome che lo soccorse, fra i pochi che in passato talvolta Fiorenza citava, fu quello di Stephen Jones.

Squadrato con freddo riserbo da Anita Paronetto, Melis aspettò fingendo di interessarsi a grame, smorte e tristissime ceramiche scandinave.

«Ma certo, signora Cozzolino, è stato un piacere. A presto» disse l'orsetto accompagnando madama Dracula alla porta.

Poi si voltò, e da dietro le lenti studiò Melis. Ricambiato.

L'architetto Plinio Coghetto aveva volto a pera ma bello pieno, pera decana, non pera abate: guance fiorite da corta peluria azzurro polvere, come i folti cernecchi che gli davano un'aria da perenne infante. Gli occhi, grandi, si affacciavano al mondo costantemente stupiti, protetti da due sottili lenti da miope. Non più di due diottrie, si disse Melis. Vestiva uno spezzato dai toni autunnali, un gilè di cuoio verde marcio e un allegro cravattino a farfalla color foglia secca.

«Prego?» sorrise. Poi il sorriso si raggelò. «Ah, lei è il giornalista, giusto?»

«No, architetto, non scrivo per i giornali. E mi chiedo se riuscirò mai a scrivere il mio libro, visto che molti qui non vogliono nemmeno incontrarmi».

«E se ne stupisce?» Il tono era di ironica commiserazione. Considerò Anita, poi: «Venga, c'è una stanza, qui dietro: le spiegherò due o tre cose» e lo guidò verso il retro, al suo sancta sanctorum.

Si sedette su una deliziosa poltroncina in pelle color tuorlo, un solo gambo metallico e l'appoggio per bicchiere e posacenere collegato al bracciolo destro. Gli indicò qualcosa di sufficientemente essenziale e scomodo da poter essere scandinavo: Melis vi prese posto con cautela.

«Allora: questa è una piccola città dove tutti si conoscono. Otto anni fa qualcuno ha ucciso una povera ragazza. Uno di noi. Ma chi? La verità, caro signore, è che nessuno qui ha voglia di scoprirlo. È stato Filippo Artuso? In tal caso, bene, non vive più qui, anzi: non ci ha mai veramente vissuto. Non è stato lui? E allora, creda, meglio non sapere chi è stato. Perché, purtroppo, non può essere stato Bratti, soluzione ancora migliore della precedente, anzi: perfetta. Ma non è stato lui. E allora? E allora viviamo, facendo finta che il passato, *quel* passato, non sia mai esistito. L'amico Campobernardo può dilettarsi di esoterismo con i suoi adepti nel poco tempo che non dedica all'azienda del suocero, Biesuz può finanziare la casa di produzione della signora che ha visto uscire, e che era anch'essa, per breve tempo, seguace di Bratti, ma soprattutto amica della sorella di Campobernardo e di altre signore della Brassanigo bene, fra le quali mi pregio di porre per linea di matrimonio la mia ex moglie, Marina Pinotti, come lei certamente già sa. È stato a casa sua, vero? Eh, Marina non cambia mai, sempre troppo accogliente». Lo fissò con intenzione: «Troppo aperta». Batté sul bracciolo con le dita, come a scacciare una mosca. «Poiché uno solo conosce la verità, l'assassino medesimo, e poiché in otto anni la polizia non ha cavato un ragno dal buco, lei, agli occhi dei miei concittadini, nel migliore dei casi può soltanto rivangare il ricordo di qualcosa che preferiamo dimenticare, e nel peggiore può riversare nel suo libro quelle piccole miserie della vita, di ogni vita, nelle quali voi della stampa vi voltolate con infinito piacere. Ergo, porte chiuse».

«La ringrazio, davvero, per avermi detto in modo franco ma civile quello che per esperienza già so di mio, e questo mi conferma ciò che da tutti ho sentito dire di lei, che è un galantuomo». Coghetto inarcò un sopracciglio con ironica modestia. «Però, vede, io il libro posso scriverlo egualmente, con o senza le vostre testimonianze. O lei crede sinceramente che, tanto per dire, il macellaio, il barista o, che ne so, un qualche acido antiquario, non siano felici di riversare pettegolezzi e rancore forti dell'anonimato?»

L'accenno a Sianesi aveva scosso Coghetto, se non proprio come il destro di Monzon al terzo round contro Benvenuti a Montecarlo, sicuramente come l'uno-due di Clay contro Liston al terzo round di Miami.

«Posso farle perciò poche domande, alle quali è liberissimo di non rispondere, e delle cui eventuali risposte garantisco comunque l'anonimato?»

«Proviamo» marmognò Coghetto, dopo aver tracciato due o tre cerchi sul bracciolo con la punta dell'anulare.

«Intanto, da come ne parlate tutti, queste riunioni gestite da Biagio Campobernardo non paiono così segrete».

«Be', dove si tengono lo sappiamo tutti, noi del giro bene, però c'è una password». Guardò annoiato verso la vetrina. «Comunque non sarò certo io a dirle che sono di fronte ai giardini Guido Gonella».

Melis incassò impassibile.

«Secondo lei, perché non è stato incriminato Filippo Artuso? La testimonianza di Vanda Gallavresi, il gruppo sanguigno, il tempo, per quanto assai ridotto...»

«Testimonianza resa poco attendibile dalla miopia e dagli occhiali appannati; tempo davvero troppo ristretto. E poi Artuso non viveva qui da anni: come poteva sapere che proprio quella mattina, in quell'ora, la povera ragazza sarebbe stata in casa da sola? Ma c'era un particolare decisivo, non so se figuri negli incartamenti della polizia».

«E cioè?»

«Artuso non aveva graffi. Mariastella invece si era difesa, graffiando».

«E allora che idea si è fatta, lei?»

«L'idea che è meglio tenersi le ipotesi ben chiuse in bocca: comunque, l'assassino è evidentemente un uomo».

«Sì, sembra logico crederlo».

«Cosa vuol dire, sembra logico? Come può una donna... sì, insomma, ha capito».

«Nessuno ha mai pensato a due assassini?»

La domanda, lieve, noncurante, ovvia ma quasi distratta, spiazzò Coghetto. Lo fissò inebetito per cinque secondi buoni, poi:

«No, nessuno. A cominciare dal questore Franchini. Cioè, vicequestore. O meglio, vicequestore aggiunto. Lo conoscevo bene, era un buon cliente e sua moglie faceva coppia a burraco con la mia».

«Capisco. Un bravo funzionario, da quel che ho potuto spulciare al Ministero».

«Un'ottima persona, sì. Anche la dottoressa Landi, per quanto molto più giovane. E, mi creda, non si risparmiarono».

«Devo ammettere che il giornale di qui seguì la vicenda con obiettiva attenzione».

«Lelio è bravo, e Bernardi non aveva da temere: i potenti, quelli veri, erano estranei al crimine».

«Vuol dire proprietari e dirigenze delle vostre due aziende gioiello?»

«Non solo loro: i presidi dei licei, il direttore della Pinacoteca Civica, l'establishment, insomma. Nel quale» sorrise ironico, «può mettere anche me, buon ultimo».

«Il suo divorzio è stato esemplare».

«Che cosa c'entra il mio divorzio?»

«L'avvocato di sua moglie era Barbaran, vero? Che tipo è?»

«Uno che non sta a imbussoltare. Non è certo di quelli che si guadagnano la vita fornendo becchime al famelico pollaio dei divorzi. Infatti lui è civilista specializzato fallimentarista. Però ai tempi» sbassò la voce, «sì, insomma, era amico di Anita. Oh, nel senso migliore della parola, sia chiaro! E Anita era amica di Marina, sicché...»

«Posso chiederle chi era il suo avvocato?»

«Era una donna. Consigliata dall'avvocato di uno studio d'architettura col quale collaboro. Giovane, brava». Lo guardò malizioso: «Si aspetta il nome? Ha sposato l'avvocato Barbaran».

«Che cosa voleva sapere da te, con esattezza?»

Five Zeta fissò il giovane che aveva dinanzi. «Tutto e niente. Tutto e niente. Chi è la gente, qui, e com'è. Figurati, mi ha chiesto chi è Fioccadori. Mi ha chiesto di Filippo Artuso, che io ho conosciuto pochissimo, quasi nulla. Degli ortiliani, di voi ortiliani, ovviamente. Sa qualcosa, di voi ortiliani, gliene deve aver parlato Gemelli Sianesi. E ha parlato con Bratti. È uno che dice di avermi conosciuto in Nepal. Io non lo ricordo, però ricordo quello che viaggiava con lui, un antropologo, credo». Soppesò il tutto. «Mi ha chiesto di tuo padre».

«Di mio padre?»

«Sì, ma in rapporto al Nepal, non a qui. Sa che eravamo amici, mi ha chiesto soltanto...»

«Soltanto cosa?»

«Come era morto».

«E perché a te?»

«Credeva fosse morto in parete».

La stanza era invasa dal crepuscolo. In quello stesso momento sul castelliere fuori città il grande sottile disco di onice di Beniamino Bratti si stava illuminando con la forza di un freddo sole al tramonto. Lì nessuno dei due sentì il bisogno di accendere una fiamma. O di custodire la cenere.

«Non sapeva nulla?»

Five Zeta non rispose subito, forse nemmeno sentì. Ripensava al paese lontano, un tempo chiuso al mondo e oggi raggiungibile da chiunque fosse salito sul primo volo charter. Ripensò al 1956, le frontiere aperte appena sei anni prima da re Mahendra, e c'era un solo albergo, il Royal Hotel, di un esule russo naturalizzato inglese, Boris Lissanevitch, e non esisteva acqua corrente perché non esistevano tubature metalliche, ma nel giardino Boris aveva coltivato le prime fragole della regione himalayana, e nelle grandi, immense, spoglie sale incontravi Ed, Sir Edmund Hillary, e avventurieri d'ogni tipo e d'ogni nazione, e il primo ministro indiano, e... e... e... Alpinisti. Dal 1950 le montagne del Nepal, i possenti antemurali del Tibet dimore degli dèi, si potevano scalare. E loro, gli alpinisti come lui, arrivavano da molte nazioni. Giovani e meno giovani, arrivavano tutti lì, al Royal Hotel, e da lì partivano con quintalate di equipaggiamento, sorridenti, confidenti, a passo sicuro, seguiti da una lunga fila di coolies avvolti nei loro stracci, per poi sparire fra le colline, lungo i sentieri ai piedi dei ghiacciai che proteggevano l'inviolato regno del Buddha, il leggendario paese dei lama. Avrebbero fatto ritorno mesi più tardi, barbuti, bruciati dal sole, stanchi, con una nuova consapevolezza in fondo agli occhi, chi conscio della propria impresa, chi triste di nuova tristezza, spiegando a nuovi ospiti del Royal Hotel, mai visti prima e indifferenti alle loro esperienze, che John o Johann o Jean o Giovanni erano morti, cadendo in un burrone o travolti da una valanga. Ed era meglio quando il corpo restava lassù, inaccessibile, nel regno eterno delle nevi e dei venti, eternamente giovane, l'ultimo sguardo rivolto al cielo, perché le poche volte che lo si recuperava... be', non esistevano bare, in Nepal, né tantomeno le bare in alluminio richieste per i trasporti aerei. Non esisteva alluminio, in Nepal. In Nepal esistevano soltanto i possenti bastioni degli dèi, e l'occhio onniveggente del Buddha, e le colline coltivate a terrazze, e la giungla segnata dal volo dei merli indiani e dei pipistrelli giganti. E allora, in quegli anni lontani, ancora per poco, dall'oro delle tigri.

Si riscosse.

«Allora? Non sapeva nulla?»

La voce del giovane si era fatta impaziente.

«No, non sapeva nulla. È rimasto stupito quando gli ho detto che tuo padre era morto travolto da un camion sulla statale, a tre chilometri da casa, qui, mentre stava soccorrendo un gatto investito da un motorino».

Spioveva.

Et nous guetterons dans le ruisseau
Les reflets des nuages en assaut,
Le coup de sang de l'horizon

Via Fiubera sboccava in una piazzetta al centro di un quadrivio: oltre, via delle Mosche, ai lati le vie del Pistor e del Pestrin, dove in fondo si stagliava l'insegna Al Ziogo de l'ostrega.

Svuotata la pipa, Melis stava per imboccarla quando una voce alle sue spalle:

«Qui c'era una volta la bocca del leone» scandì didattica.

Si voltò: un vecchio, o forse soltanto un disgraziato devastato dal tempo, lo stava osservando.

«Per questo la se ciama Crosara Boca de Leon: la bocca del leone alato di San Marco» ripeté, «dove si metteva le denunce anonime».

Melis assentì: l'uomo, si disse, doveva essere stato, un tempo, non privo di certa qual distinzione. In quale lontana èra? E quale disdetta della vita lo aveva condotto a franare così? Stava per proseguire, quando un particolare lo fece fermare sul posto. Oh, cavolo! Una coincidenza? Oppure...

Il vecchio, esile, instabile, un fragile basso quattrossa, proseguiva intanto nel suo concionare:

«Anche Casanova l'han fregato così. E là, vedi? Via delle Mosche non son le mosche smerdarie, no: i xera i nèi di stoffa che dame e cicisbei si metteva per esser più sexy». Qualcosa tra rutto e saluto: «Eugenio Polesel, detto Genj» si presentò l'uomo, nemmeno un metro e settanta per non più di una sessantina di chili.

«Piacere» disse cordiale Melis, «io non sono di qui».

«Lo so, ma avrai anche tu un nome, boja d'un can!»

«Nereo Mani. E tu hai un bellissimo giaccone». In realtà, era un poco più grande del dovuto.

«Emh, umh, sì» convenne Polesel palpandolo e guardandolo come se lo vedesse per la prima volta. «Ho anche una gran sete. Mi offri da bere?»

«Volentieri. Dove?»

«In fondo a via delle Mosche: pochi passi, posto buono per un'ombra».

La via confluiva infatti in una piazzetta appartata, mai vista prima da Melis. All'angolo, un bar di rilassata eleganza. Entrarono. Il gestore guardò Polesel di traverso, e con una certa sorpresa si rese conto che i due erano insieme. «A te però solo un bicchiere» disse severo a Polesel. E, rivolto a Melis: «Soldi anticipati».

Melis tirò fuori un biglietto da cinquemila. «Non hai buona stampa, amico».

«Ora no» convenne pensoso Polesel, «ma un tempo...» S'interruppe, e per due o tre secondi il mento andò su e giù, come stesse rimasticando un rimorso. «Insegnavo. Alle medie. Poi una iniqua, sì, una iniqua ha detto che l'avevo toccata. Non era vero, credimi. Ma lì, tutto finito!»

Non un rimorso, un rimpianto. Il tempo felice. Melis cercò lo sguardo dell'uomo al banco, che fece un gesto interpretabile in mille modi.

Polesel vuotò il bicchiere in un sorso.

«Me ne offri un altro?»

«No» disse Melis, prima che il padrone potesse intervenire. «Adesso usciamo».

Scontento, Polesel uscì scuotendo la testa. La sua vita sembrava ancora più fredda, e vuota, e sola, con tutte le finestre delle case lì intorno illuminate. E Melis ricordò un cupo verso di Rilke: *Chi non ha casa adesso, non l'avrà.*

«Sposi da trent'anni, più di una condanna per omicidio». Polesel indicò beffardo l'annuncio di anniversario affisso al muro. «Tu sei sposato?»

«No, perché?»

«Consorte rima con morte» bofonchiò l'uomo. «Prendi mio nonno materno, che aveva sposato una Strazzacappa. Hai mai conosciuto, tu, una che di cognome fa Strazzacappa?»

«No» ammise Melis.

«E infatti: son pochi i Strazzacappa, in Italia. Be', mio nonno materno non fece un bel matrimonio: la nonna scappò con un artista di circo, un trapezista, sì, figurati».

Melis cercò di figurarselo. «Forse il trapezista aveva il fisico» buttò lì.

«E allora? Mio nonno aveva due figlie, che si dovette tirar su da solo! No, no, Né donne né buoi, dico io. Io» strizzò l'occhio e levò un immaginario bicchiere, «io sono per l'usa e getta».

«Ma non vorrai gettare anche quella bella giacca, no? Tiene caldo?»

«Umh» Polesel sembrò valutare la cosa: dove finiva il freddo? Dove comincia il caldo?

«Ma non l'hai comprata, vero?»

«Vero. Me l'han data i frati di San Clemente».

«Quando?»

«Sabato».

«Ah, ecco. Perché loro distribuiscono vestiti smessi».

«Questo era proprio smesso: l'han trovato in uno scatolon dei rifiuti. Ma dico io! Nuova è, questa giacca». Lo guardò con occhi umidi e astuti: «Anorak, se dise in franzés». Strizzò l'occhio: «Anorak perché xe altra cosa dal blouson». Lo squadrò altero: «Ti te sa el franzés?» Poi, umile: «Dài, 'n'altra ombra de vin...»

Sul muro alle sue spalle una mano aveva sentenziato in pennarello: *La vita un lampo la morte uno stampo.*

Melis gli sganciò la milla lira. «Dài, fatti un altro bianco, ma non qui».

L'uomo, o quel che ne restava, si allontanò strascinando la notte come un fagotto di stracci.

I frati di San Clemente, annotò Melis, mentre a passi rapidi si dirigeva verso la locanda.

Al Ziogo de l'ostrega. Ma cosa voleva dire?

La risposta gliela diede il menù, essenziale e freddo come l'arredamento del locale. Doveva averci messo mano un architetto, si disse Melis. Chissà, forse il Coghetto.

La piccola brochure – perché, sì, il menu aveva l'eleganza di una brochure – citava infatti Giacomo Casanova, e lo faceva tra virgolette. Dai *Mémoires de J. Casanova de Seingalt*, precisava. In prima pagina, la seduzione di una religiosa a Venezia nel 1754:

«Ci divertimmo a mangiare le ostriche scambiandole quando già le avevamo in bocca. Lei mi presentava sulla sua lingua la sua nello stesso istante in cui io le imboccavo la mia. Non esiste gioco più lascivo, più voluttuoso tra due innamorati. È anche comico e il comico non guasta poiché le risa son fatte soltanto per gli esseri felici. Per puro caso, un'ostrica che stavo per metterle in bocca sdrucciolò fuori dal guscio e le cadde sul seno. Fece il gesto di raccoglierla con le dita, ma io glielo impedii, reclamando il diritto di sbottonarle il corpetto per raccoglierla con le labbra nel fondo in cui era caduta».

E in quarta, riferendosi a due giovanette portate a cena in una locanda romana nel 1770:

«Convengo che era difficile il gioco dell'ostrica. Ma mi sono impegnato a insegnar loro come fare per conservare l'ostrica con l'acqua in bocca, innalzando in fondo a essa una barriera con la lingua, per impedire di scivolare nella gola. Tenuto a dare l'esempio, hò loro insegnato a introdurre come me l'ostrica e l'acqua nella bocca dell'altro, introducendo al tempo stesso in tutta la sua lunghezza la lingua. Ridendo, poi, convenivano con me che nulla poteva essere più innocente».

L'oste, un autentico Falstaff in impeccabile completo nero, prese in cura personalmente «l'amico di Lelio»: consigliò antipasto di canocchie all'olio («il pesce, meno si lavora meglio è») e a seguire un trancio di ricciola in crema di porri e mandorle. Vino? Melis, ma sì, si lasciò tentare da un eretico abbinamento da brivido, un bianco valdostano.

«Ma non l'aggrediscono, gli autoctoni, quando glielo propone?»

«So come cucinare i miei polli, non soltanto i miei pesci» sorrise l'oste. E aggiunse: «Sa come si dice, no? Abondansa e arogansa xe tuta 'na pietansa».

Il locale aveva pochi tavoli ben distanziati, ma nel corso della cena, eccellente, riuscì a carpire qua e là brandelli di conversazione.

Due giovani professionisti:

«Ma quando che uno muore, mi dice lui allora, che ci puoi capire di quel che dice?»

«Eh, già: le ultime parole fumose».

Un elegante sportsman, che ancora dieci anni e sarebbe stato un vecchio leone, alla moglie:

«Così la fanciulla molto distinta ma arrapante ci ha tenuto a farmi sapere che il suo compagno è mio coetaneo. Puoi chiedere al dottor Freud cosa significa?»

E lei, divertita e complice:

«Il dottor Freud è fuggito in Costarica per aver ricevuto pazienti senza emettere ricevuta fiscale. Gli ho telefonato sul numero segreto e mi ha risposto un po' piccato, perché era in piscina, e non da solo: "Ma, figliola mia, basta fare due più due! Che cosa le ho insegnato, altrimenti, in tutti questi anni?". Ci ho pensato, e ne ho desunto che fa quattro. Ma, come dice la saggezza popolare, non dire quattro se non l'hai nel sacco».

Uno con la faccia da boiardo di Stato:

«Però la presa di posizione della figlia dell'istante è irrazionale!»

No, non poteva essere un boiardo. Solo un poeta poteva definire così l'azione istintiva, involontaria: la figlia dell'istante. Ma si dovette ricredere, perché l'altro commensale:

«Eppure, se il padre ha presentato istanza alle competenti autorità avrà le sue ragioni».

Ancora i due giovani professionisti:

«Eh, quello è venuto su a chili di Tantalium...»

«Tantalium?»

«Sì, vorrei ma non posso. Allora gli ho detto: se promettere è nobile e mantenere è borghese (che trovo un detto bellissimo, è francese, una frase così non può che essere francese) lei è il più nobile dei miei conoscenti».

Un Dostoevskij dalla barba curata a un giovane dai capelli corti in pull di cachemire e jeans:

«... qualche speranza sul recupero della nostra cultura, o meglio, sulla riqualificazione della nostra decaduta Cristianità. Vedrai se il prossimo papa non sarà uno di quei gesuiti rahneriani responsabili dell'apostasia postconciliare, della deriva ereticale cattolica!»

Tutto buono, tutto finito.

Dolce? No. Caffè? Nemmeno, grazie. Il ristorante si era svuotato e a Melis vennero in mente prima il Germano la cui lapide narrava un'altra Italia, poi i versi di un poeta che Fiorenza citava spesso:

Pietà, non altro, per quei morti viventi
che illuse vana speme d'avvenire.
Dal nulla al nulla passaron per il nulla...

L'ultima coppia rimasta – il leone al sole e la nobile cerva – lasciò il tavolo, lei perfetta in giacca di velluto tortora su gonna amaranto, a tracolla un secchiello ovale in pelle color vecchio Borgogna. Cartier?

«Le monde est une drôle de chose» sussurrò uscendo.

Rimasti soli: «Soddisfatto?» chiese l'oste.

«Eccellente cucina ed eccellente cantina» lodò Melis. Poi: «So che sono l'ultimo rimasto, ma posso chiederle la cortesia di fare una telefonata da qui? A Milano. Me la metta in conto».

«Vada, vada: usi pure il telefono là dietro».

Melis compose il numero.

«Massimo? Scusa l'ora, so che ne approfitto» e, bloccate sul nascere le calorose rassicurazioni del viceispettore D'Aiuto: «Ascolta bene, ho bisogno di sapere quanti negozi, a gennaio 1986, aveva in Italia, e dove, il marchio di giacche a vento Northern Path. E quando venne messo in commercio un modello grigiorossonero. Come? No, non so il nome del modello, no, non mi dicono niente né Woodland né Misty Dawn. Mi spiace. So che a gennaio 1986 era ancora una novità. Grazie, sì, richiamo domani sera».

Riattaccò.

Di là dal vetro, un giovane aiutante di cucina diceva al lavapiatti: «Sai quando esci di palestra con adrenalina a mille e la voglia di spaccare il mondo? Ecco, sto così».

Come ha detto un poeta, in Italia anche gli zero per contare qualcosa devono stare a destra.

Rientrò in sala. Accennò a una grande foto in bianco e nero dove un giovane bellissimo nel mare di Grecia sorrideva all'obiettivo: «Posso chiederle chi è?»

L'uomo sorrise beffardo: «Certo che può. Ma *tu vuo' ch'io rinovelli disperato dolor*: sono io, io trent'anni e trenta chili fa». Scoppiò a ridere: «Su, su, non faccia così, non deve mica scusarsi. Sono io che ho lasciato svanire un capitale, raddoppiando la ciccia. Sapesse quante donne mi correvano dietro!»

«Lei è di qui?»

«Sì» disse l'oste, prendendo alle sue spalle una bottiglia di grappa e sedendosi al tavolo di Melis con due bicchierini. «Sì, ma da giovane ho preferito girare il mondo: così a Parigi ho fatto il plongeur prima, garzone di cucina poi, e dopo a Londra, da Wiltons, aiuto cuoco per il pesce, poi al Danieli chef poissonier, e infine ho aperto un ristorante mio. Al paesello».

«Be', paesello è riduttivo: Brassanigo è capoluogo. Tra l'altro, chi era quel signore barbuto seduto là con un ragazzo? Mi pare di averlo già visto».

«Può darsi, è un artista, un pittore».

«Ah, ecco. E quella bella coppia?»

«Chi? I coniugi Venier? Mangiano qui ogni lunedì, perché il figlio riparte per Trento, dove insegna all'Università, meglio: dove porta la borsa a un barone che finge di insegnare all'Università. Bella coppia, eh? Doveva vederla, lei, da giovane. L'Inaccessibile, la chiamavamo. Mio cugino la seguiva di nascosto, finite le lezioni, sino al portone di casa». E quell'oste da fiaba, sformato, obeso, il volto deturpato dal più impietoso dei picchiatori, il Tempo, sorrideva bellissimo e incorrotto di là dagli anni – identico quasi al giovane Marlon il Selvaggio – sorrideva per sempre, immobile e sfrontato, dal bianco e nero di una foto in cornice. Era costui, oggi, quel Falstaff deforme? E quale bellezza aveva allora avvolto l'Inaccessibile, se ancora oggi, nel viso, qualcosa, sì, nella linea di occhi e naso e bocca, sì, qualcosa, anzi, molto più di qualcosa, sopravviveva di un'algida giovanile bellezza? E un mese dona e un altro saccheggia, avrebbe forse detto il poeta amato da Fiorenza. E, ma questo Melis non poteva saperlo, anche il commento in francese esalato dalla bella cerva era un verso. La poesia continuava:

Et la rose parmi les roses
Ne ressemble pas à une autre rose.

Brassanigo, martedì 15 novembre 1994

Ancorché retta dai frati predicatori, i Cani del Signore, la parrocchia di San Clemente offriva ai poveri i conforti della cristiana carità nelle azioni, non solamente nelle parole. Ma, a conti fatti, loro si limitavano a raccogliere e smistare abiti lasciati in forma anonima presso appositi raccoglitori. Era comunque andato a San Clemente: nel silenzio del chiostro aveva trovato pace e serenità, ma nessuna indicazione utile a confermare quanto detto da Polesel, che la giacca a vento, identica a quella descritta da Vanda Gallavresi, fosse non nel raccoglitore ma in uno scatolone di cose da gettare. E quand'anche fosse stato così? Certo, sembrava nuova; e allora?

Ne profittò per visitare la chiesa, che, purtroppo, aveva dismesso ogni mistico segno di Medioevo per abbigliarsi del più sfrenato Barocco: stucchi, dorature, marmi, affreschi, pale d'altare... Ripensò alla loro ultima vacanza, prima che il male prendesse il sopravvento portando Fiorenza con sé nella tenebra. Quattro giorni nelle Marche per un giro lottesco: e lì, nella penombra della chiesa deserta, fra il luccichio degli ori e delle candele, gli sembrò quasi di risentire la voce di lei, lieve, come uno svolare di vento e di foglie d'autunno: «La *Crocifissione* di Monte San Giusto, Norberto, credimi, è da togliere il respiro: è nel gruppo dei dipinti per me indimenticabili insieme all'*Entierro del Conde de Orgaz* di El Greco a Toledo e alla *Madonna del Parto* di Piero a Monterchi, solenne miracolo nella cappellina del cimitero, con il custode che ne parla come se la Madonna fosse la su' moglie e con lunghi commossi racconti su Tarkovskij».

Poi li scoprì, i mistici segni del Medioevo, scolpiti nella pietra d'Istria dei capitelli della cripta, sfuggita alla superfetazione barocca: trisceli, fiori di vita, nodi di Salomone e... un caerdroia. Un caerdroia, il labirinto emisferico che, gli aveva spiegato anni prima Fiorenza mentre cercavano di uscire dall'intrico di siepi del labirinto di Villa Giusti, significa «la rocca di Troia» dal gaelico *cairn*, a sua volta derivato dal celtico *car*, pietra, che sopravvive nei nomi di tanti luoghi petrosi, dalla Carniola al Carso, dalla Carinzia alla Carnia. «E nel cairn terrier» aveva aggiunto, «il piccolo terrier scozzese che è certo fra i nonni di Kim».

Kim... Fiorenza... la Madonna...

Ma non c'era nessuno, all'ombra delle grandi navate. Nessuno, se non il silenzio del Verbo, e un vecchio frate che lo scrutò perplesso. Non era usuale, un fedele a quell'ora. E un uomo, poi. E con i lucciconi agli occhi.

«A San Rossore un cavallo da 8e8 non può vincere una maiden»: flaccido come un budino, l'uomo al banco del bar aveva però ferme convinzioni. E un abito tagliato su misura. Il bar, del resto, era tra i più rinomati in città con l'alzata di pasticcini da tè bianca di panna, rossa d'alchermes.

«Sì, lei ha ragione» concesse deferente il tipo segaligno col quale il budino condivideva Prosecco olive e patatine, «però ricordiamoci che questa è una maiden per gentlemen, Sibillina è cavalla very reliable e lei sa, vero?, come dicono gli inglesi: sweet mouth for a gentleman».

«Sarà, ma 8e8 è 8e8! E poi, via, l'immaturità si paga: Sibillina ha solo tre corse nelle gambe! Chi è? Quanto vale? Mistero!»

«Nomen omen» commentò il segaligno, spolpando un'oliva.

A un tavolo, fra bicchieri e piatti colmi, quattro cinquantenni platinate stavano parlando di spiagge esotiche, per Natale, e Melis ripensò alle donne dannate di Baudelaire, qui preda di una nuova e diversa dannazione, sdraiate come armenti sulla sabbia, lo sguardo perso su orizzonti marini. Poco più in là, in piedi al banco, una donna sulla cinquantina, capelli rossoverdi e occhiali pure, spiegava a una coppia di giovani artisti – o almeno, vestiti come si pensa debbano vestire gli artisti:

«La scelta di raccogliere parte degli atti di pensiero della rassegna, che da quest'anno converte la sua natura in osservatorio sperimentale sulle arti e sulle dinamiche della loro ricezione, nasce nel solco di una urgenza teorica condivisa, che riguarda la questione della leggibilità dell'opera d'arte. Con i curatori e gli artisti presenti, abbiamo ragionato sulla possibile esistenza di una prassi critica alternativa, che, scostandosi dal frusto modello analitico di pura e semplice decodificazione del messaggio, metta a fuoco un diverso perimetro, una modalità di avvicinamento al fatto artistico capace di conservare tutta quella complessità di segni e sensi che esso è in grado di sprigionare».

Anche Melis si dedicò a un diverso perimetro.

Su una poltroncina fra l'alzata di dolci pannosi e la parata di minuscoli panini al latte imbottiti di ogni gastronomica goloseria, una donna sulla trentina, faccia di porcellana e capelli da bambola, compatte carni rosee sotto il nero della chioma, inguantata in un nero visone selvaggio lungo sino al polpaccio, parlava a un tozzo mattone quasi altrettanto nero che tuttavia, forse più del visone, costituiva uno dei più ambiti status symbol di quel fin di secolo: il telefono cellulare. Parole poco più che sussurrate schizzavano dalle labbra vermiglie di rossetto al mattone di plastica nera.

«Così domani non puoi. Vabbe', ci vediamo sabato, quando esci».

Chiuso il contatto, delusa, scontenta, compose un nuovo numero:

«Ho visto quel che hai ottenuto. Sì, sono io, ma che bravo a riconoscermi. No, non dire niente: sapevo già che sarebbe andata così, quello di oggi è il risultato di quel che ti ho detto ieri, che tu hai una personalità così spiccata da appiattirti come una fotocopia sbiadita sul tuo interlocutore. Non c'è niente da fare, la colpa è mia, non tua, perché so che sei fatto così e ti mando lo stesso a trattare. La scema sono io, tu sei soltanto un'ameba, troppo ameba per essere scemo».

Chiuse il contatto, portò alla bocca un minuscolo bignè che ingollò d'un colpo, compose un numero e, le labbra ora più lucide per lo strato di crema pasticciera:

«Ciao amore, sono al Vecio Scaleter: se torni per le sette vediamo un film, proviamo il diabete e poi facciamo l'amore. Come? A casa da tua moglie? Ma no, ti confondi: ma certo che monsignore non è invitato stasera. Ma sì, credimi, viene da voi domani, che poi al mattino ho il provino di Cinzia, la pornostar del momento, bravissima. Eh, già. Ma sì, sì che te l'ho detto: a Milano, portiamo in scena *Cornetti alla crema...*»

Tolse la comunicazione, fissò imbronciata l'ultimo dei bignè.

«Del resto, la selezione è la ratio delle corse al galoppo» sentenziò il budino uscendo dal locale.

Sgusciandogli alle spalle: «Permette? Lei è miss Casey, vero?» chiese Melis a bassa voce.

La faccia di porcellana spalancò gli occhioni neri profondi e lucidi sull'uomo: non alto, anzi, ma asciutto, quasi affinato, sui cinquant'anni perché vi era già del grigio fra tempie e barba. Una barba corta e curata. Elegante, di un'eleganza un po' fuori moda: sotto il trench color panna s'intravedeva un blazer quadrettato su pantaloni castagna: camicia Oxford azzurra, cravatta a maglia verde bosco. E la pipa affacciata al taschino.

«Ci conosciamo?»

«Io lei di fama, ho visto tutti i suoi film. Ma non posso aspettarmi altrettanto».

La ancor giovane donna lo considerò perplessa: che cosa aveva voluto dire, quel tipo? E chi era?

«Mi chiamo Nereo Mani e sono soltanto uno scrittore» dichiarò modesto Melis.

La bella saettò sull'uomo il più pelvico dei suoi sguardi. «Ah, uno scrittore?»

Prima d'appendere il reggiseno al ciondolo d'oro del commendator Biesuz, la signorina Assunta Cozzolino, in arte Audrey Casey, aveva interpretato diversi horror splatter pseudoerotici italiani; particine, sia chiaro, ma anche lei aveva avuto il suo grande momento quando, nel ruolo della sadica lesbica torturatrice Andrassy, era stata elogiata da un severissimo, intransigente critico di eterodossa fede marxista-leninista, le cui *emunctae nares* potevano permettersi di odorare pattume, una tantum, scambiandolo per legno di sandalo o ambra grigia. Oh, sì, e aveva persino esaltato, quel critico, il cupo straniamento brechtiano della marchesa Andrassy divisa, aveva scritto, fra un Es masochista e un SuperEgo sadico, contrasto che ben rappresentava la scintilla di ogni Grande Rivoluzione. Non ne aveva capito mezza frase, ma lo conservava ancora, la Audrey, quel ritaglio. Anche se adesso al Biesuz – che Assunta, se non proprio assunta, foraggiata l'aveva, e viziata, e in cambio non aveva chiesto nulla più del dovuto, per tutto quel foraggio, tanto di quel foraggio che Sibillina, povera, se lo sognava così tanto foraggio –, non piaceva che si parlasse dei suoi trascorsi d'arte, suoi di lei, s'intende, che pure era stata diretta dai più noti registi del genere, sia chiaro. Che a lui, poi, dava fastidio anche quell'Audrey, falso come le garanzie delle assicurazioni e le promesse dei politicanti. Lui, nelle dolci parentesi private, la chiamava Miranda: Miranda andava benissimo, con tutto quel ben di Dio che c'era da mirare in quella benedetta ragazza. E se proprio si voleva conservare la A, Amanda, che è gerundio progressivo del più bello fra i verbi, il che faceva ben sperare nei risultati di ostriche asparagi tartufi fragole e frégole, tutti quei cibi afrodisiaci dei quali Biesuz era gran consumatore. Afrodisiaco: afro da Africa, si diceva il Biesuz, perché gli africani sì che ce l'hanno abbondante e succulento. Ma adesso che le aveva regalato una casa, all'Assunta, – oh, una casetta – di produzione cinematografica e teatrale, nonché televisiva, Audrey era rimasto: AC Productions. Dove, su quelle iniziali, AC, l'ironia fantasiosa degli addetti ai lavori si sprecava. Preponendo all'AC un BC, per cotanto mondocreato: Biesuz Cacasghèi. Audrey Contasghèi.

«Non un giornalista?»

«Occasionalmente. Posso sedermi?»

«Ma sì, certo!» Occasionalmente? «E come mai è qui a Brassanigo?»

«Sto scrivendo un libro sull'omicidio di Mariastella Biason».

«Ah». Molto più fredda, ora, lo osservava da due feritoie.

Un uomo dai capelli color carota passò lungo i tavoli, indifferente. Lo stesso che Melis aveva notato le sere precedenti. Coincidenza? Nel suo mestiere non esistevano coincidenze, e in questo caso, poi, men che meno. Chi era, Pel di Carota? Un contatto? E se no, chi?

«Non è mia intenzione disturbarla, ma so che ai tempi lei era buona amica di alcune signore...»

«No, guardi, io non ho niente da nascondere ma non intendo parlare di quella brutta storia. E lo sa, la polizia, che lei è qui a far domande? No, perché ci metto poco, io, a parlare con il vicequestore».

«A parlare, non dubito» assicurò Melis alzandosi. «Buonasera, e auguri per i suoi *Cornetti*, signora».

Sovrastando la suoneria funk del telefonino, il *ma vafammocc'* lo seguì chiarissimo sul marciapiede.

Sdraiato, nel silenzio della stanza, aveva riletto attentamente la documentazione. Poi, al telefono, D'Aiuto era stato prodigo d'informazioni sulla Northern Path. La ditta americana aveva scelto proprio il Natale 1985 per sbarcare in Europa con i nuovi modelli. I colori visti da Vanda Gallavresi sulla windbreaker dell'uomo misterioso, e lunedì da Melis sull'anorak indossato da Genj Polesel, corrispondevano al modello Woodland. In ogni caso, la Northern Path aveva fornito le sue creazioni soltanto a negozi delle capitali europee, da Londra a Roma, da Stoccolma a Madrid, tranne Bonn, e quattro sole città prive del rango di capitale di Stato: Francoforte, Monaco di Baviera, Barcellona e Milano. Soltanto dal settembre del 1986 la distribuzione si era estesa a numerose città europee.

Ci stava. Filippo Artuso poteva averla acquistata a Bruxelles. Quanto a quella indossata da Polesel, non aveva niente a che fare col delitto. In otto anni, chissà quante persone, a Brassanigo e provincia, avevano acquistato una Woodland della Northern Path.

Guardò l'ora: Lelio gli aveva dato appuntamento per l'aperitivo in piazza delle Erbe. Aveva tempo.

Salutò Miss Parrish e uscì. Voleva passeggiare senza meta, lasciarsi intridere da quel piccolo mondo che però nascondeva grandi passioni.

Una parata di case secentesche, portoni imponenti, silenzio. Ma anche qui ormai negozi tutti moda e cristalli ricavati in alcuni locali a piano terra ricordavano che il Secolo Breve entrava nel suo ultimo decennio fra dark e kinderwhore, Jordan e Dr. Martens.

Un bar di giovani, pervaso da una musica martellante e insieme strascicata che a Melis non diceva nulla, non ricordava nulla, ma che milioni di umani in ogni parte del mondo avrebbero riconosciuto all'istante: *Smells Like Teen Spirit*, i Nirvana. Pensò all'agente Tommaso Ferrini, patito di quel genere, che ormai viaggiava ben sopra i trenta avendo quasi vent'anni nel 1978, all'epoca di quel delitto, il tranviere col doppio lavoro, quello che lui aveva chiamato il caso del Maestro della Testa sfondata. Era stato quello il tiro di dadi del Destino che gli aveva fatto conoscere Fiorenza.

Fiorenza.

Hello, hello, hello, how low
Hello, hello, hello, how low
Hello, hello, hello, how low
Hello, hello, hello

Quanto giù, *how low*, si riferiva forse a *calarsi*? E, isole in un indistinto mare di suoni, mulatto e albino erano metafore della libidine? Non dubitava che qualcuno esperto in materia avrebbe saputo spiegargli tutto, origine e significati reconditi. Certo che quanto a teen spirit, era già inspiegabile come i ragazzi appoggiati all'ingresso come stanche cariatidi l'avessero lasciato avvicinare. *Con le luci spente è meno pericoloso* contraddiceva Battisti e la visione decadente della notte che pertiene alla morte. Ma il rock è decadente, vive di morte, pensò, e mentre pensava queste cose si allontanò.

Ed ecco, un passaggio fra due palazzi conservava soltanto l'arco di pietra, e sul fondo s'indovinava un giardino, che si rivelò essere un giardino pubblico, e dal giardino si poteva vedere perfettamente un ingresso secondario, sul retro di uno dei due palazzi. Mancavano esattamente dieci minuti alle cinque, e in quei dieci minuti dodici persone entrarono, dopo aver suonato a un citofono, lo stesso, sì, lo stesso. Melis, seduto su una panchina lontana, l'aveva visto bene grazie al cannocchiale in forma di stilografica. L'aveva visto, ma poteva soltanto immaginare... cosa? Una parola d'ordine? Una formula? Un nome di fantasia? Che segnale o che nome segreto usavano, i seguaci di Biagio Campobernardo, per dichiararsi tali? Non certo i giorni della settimana, come in quel romanzo di Chesterton, a meno di non specificare mattina e pomeriggio, si disse stanco Melis. Perché alle 17:01 erano entrati in quattordici fra uomini e donne. Tutti ortiliani, tutti convinti di vivere nella verità e nella luce oppure, come sostenevano tanti, fra affari e intrallazzi? Vi era stato qualcosa di viscido, conturbante, di sottilmente osceno in quel convenire rapido e silenzioso: quel che di inquietante che si accompagna al silenzio. Come un convegno di ombre senza corpi, come se, salendo le scale, quei corpi fossero diventati invisibili pur stampando sul muro la loro ombra. Un convegno di ombre. Di morti viventi. «Perché ho questa atavica paura delle ombre?» si chiese. Sarebbero usciti da lì, una volta concluso il convegno – il convegno notturno delle streghe? Come ricordava quel professore, Maldifassi, ai tempi di quell'omicidio, lo scheletro nel tronco cavo, nella valle di Triora vi era la località orrida e deserta detta Cabotina, il luogo dove si sarebbero svolti i convegni notturni delle streghe, le quali avrebbero giuocato palleggiandosi bambini in fasce, da un albero di noce all'altro, sino a farli morire... – sarebbero usciti da lì, una volta concluso quel ch'erano andati a fare, oppure dal portone principale? Optò per l'uscita sul retro. Individuò un piccolo bar elegante con tre tavolini all'aperto, affacciato su un lato del giardino pubblico. Da uno di quei tavolini avrebbe potuto vedere in faccia, grazie al cannocchiale-stilografica e alla luce dei lampioni, ogni ortiliano.

Ordinò un Pernod: quasi un affronto, in terre di Prosecco. Telefonò a Lelio per disdire l'aperitivo («Ma perché? Hai novità? Oh, non tagliarmi fuori!»). Prese a sfogliare il libricino di Sciascia, *La strega e il capitano*, senza perdere d'occhio la porta del consesso. La coppietta seduta due tavolini più in là sembrava assorta, ebete e muta, nell'ascolto del tormentone di quell'estate: *Eins, zwei, Polizei, drei vier Grenadier...* Si baciavano ancora in piedi contro le porte della notte, i ragazzi che si amano? Ma ormai, chi leggeva più Prévert? E i baci, i baci, quelli si davano liberamente, a ogni ora del giorno e dovunque, ed era giusto così.

Cicio non aveva voluto sentir ragioni: il sior doveva assaggiare la polenta rossa, una specialità del territorio! I chicchi, veri e propri scrigni di antociani, mirabili antiossidanti, erano macinati a pietra! Perciò, polenta. Condita con? Ma con moscardini, no? *Conzi* secondo la ricetta dell'amico Maffioli, ovviamente! Ma sì, lui, Beppe, l'attore gastronomo, il cavaliere del taste-de-vin! Cipolle acciughe capperi odori spezie. E ombra di pomodoro. Solo un sospetto, nulla più. In sostanza, una variante della busara di Caorle. E una buona Schiava, sì, un rosso, che si fidasse.

Si era fidato. Lasciando che l'occhio scorresse sereno sugli altri avventori.

Era solo, Malighetti in redazione perché a Roma un'altra crepa si era aperta nella calotta polare – *il Polo: il buco con il nulla intorno*, aveva ribattezzato il Governo un faceto economista, dopo averne analizzata la finanziaria – e lì in terra serenissima dovevano barcamenarsi fra Papunà, che aveva il sostegno delle medie e grandi industrie, e il Descamisado, amato in valli paludi e caverne.

E infatti a un tavolo quattro uomini, uno dei quali veniva chiamato onorevole, alternavano bisbigli a scoppi di voce. L'onorevole, occhi astuti nel prosciutto del volto, l'aria soddisfatta di chi digerisce desideri finalmente attuati, indossava l'arroganza del plebeo arricchito.

«Oca di nome e di fatto» berciò: «Lo zoccolo duro! D'asino, quello zoccolo».

E l'uomo alla sua destra: «Aveva la vittoria in tasca... ma la tasca era bucata» sghignazzò.

Quello di cui Melis vedeva la schiena enunciò con voce chiara:

«Come diceva Longanesi? Le rivoluzioni le fanno le idee che non trovano posti a sedere».

«Chi è questo Longanesi qui?» abbaiò l'onorevole.

«Un giornalista, e un editore, l'editore del "Borghese"».

«Ah, be', almeno non un comunista. Perché» l'onorevole ebbe un ghigno inquietante, «il mio libro prediletto è la pistola. Se uno arriva a casa mia non invitato, sta a me scegliere se aprire la porta o aprire il fuoco. Come ha ricordato il nostro Senatùr ai giudici, una pallottola costa poco».

Melis decise di ignorarli.

Forse istruito da Lelio, Cicio, pur prodigandosi agli altri tavoli, e in particolare a quello onorevole, non lo mollava un attimo.

«Abbiamo il vicequestore dottor Rachis, stasera» gli aveva sussurrato servendo il vino. E aveva ammiccato verso un tavolo dove Bepi Bernardi stava parlando fitto fitto con un uomo appena sopra i quaranta, asciutto, con baffi a spazzola e occhi a spillo.

Non che Melis fosse famoso, ma si augurò che Rachis non lo riconoscesse. Certo, si era comunque preparato un piano di emergenza, ma meglio non doverviricorrere.

«E quei quattro?» sussurrò accennando all'onorevole tavolata, quando Cicio servì la polenta.

«Ah, il nostro deputato a Roma con il segretario l'assessore Fioccadori e il dottor Campobernardo».

Chissà se Bratti si sarebbe seduto a quel tavolo. Probabilmente no.

«Ottima» aveva lodato Melis quando Cicio era tornato a polenta finita. Dirlo, e invitarlo a recitare un'ode alla polenta rossa, fu tutt'uno. Finse di ascoltare, annuendo estatico. Poi, a bassa voce: «Una curiosità: chi è quella bella signora in tailleur blu che cena con un signore sui sessanta? Là, a quella tavola defilata».

«Eh, come si dice, la classe dà gran punti alla gioventù» principiò il Cicio. Come avrebbe detto Miss Parrish, o, secondo lei, noi italiani, ("Come dite voi italiani"): gallina vecchia onor di capitano. Poi, a voce più bassa: «Matilde Donzelli, ma forse dovrei dire Matilde Donzelli Antelmi Barbaran, che è il marito, ovverossia il sior seduto a tavola con lei, avvocato di vecchia nobiltà e squisiti costumi».

E incontri segreti con Biagio Campobernardo, pensò Melis studiando quel volto sicuro di sé che la stilografica-cannocchiale aveva inquadrato, tre ore prima, oltre il verde dei giardini Guido Gonella.

Si concesse una grappa da meditazione.

L'albergo quasi in rovina era uno di quei luoghi dove il meglio vale il peggio. Abbandonato dalla proprietà, occupato abusivamente da quelle ombre senza nome. Intorno, un quartiere popolare un tempo, oggi degradato. The waste land. E, anche, a no man's land.

Le due città, pensò l'uomo nel fuoristrada. O meglio, la città invisibile. Ogni città in Italia racchiude in sé un'altra città, nascosta, quasi invisibile: un tempo era soltanto la città di chi non ha niente, nemmeno la casa; oggi, e sempre più un domani, la città invisibile e parallela di chi è fuggito da luoghi lontani e trova qui soltanto una vita ai margini, se gli va bene. Sì, certo, le comunità filippina, cinese, egiziana, trovavano ciascuna una propria casella in cui crescere, più o meno integrate. Ma gli altri? Quelle impenetrabili facce color dell'ebano, ombre, o quelle, sin troppo bianche, di chi annegava il ricordo di un'infanzia senza sorrisi nel trasparente nulla dell'alcol?

L'uomo si strinse nel giaccone scuro. Pioveva, quel posto non era sicuro, però sapeva che lì quel relitto umano sarebbe... rincasato? Ma era una casa, quella? Rintanato, sì. E lui, il cacciatore bianco, lo attendeva all'imbocco della tana. Qual era la virtù dei grandi predatori? La forza? No, e lui comunque era forte. La pazienza. E lui era paziente, molto paziente. Eccolo! Mise in moto – motore silenziosissimo – e senza accendere i fari ingranò la marcia. La massa scura del fuoristrada rallentò sino a fermarsi. Il finestrino si abbassò dal lato passeggero, vuoto, e il guidatore – non più che una voce, un volto indistinto: «Dai, sali, si fa una bella bevuta» disse mostrando una bottiglia.

Brassanigo, mercoledì 16 novembre 1994

Mimetizzato in una palazzina secentesca lungo una via porticata, il circolo ufficiali conservava nelle sue sale un'aura vagamente ottocentesca. Nel fumoir ritratti a grandezza naturale, impettiti, decorati con tutte le loro mostrine eppure già avvolti nella nebbia della dimenticanza, vegliavano dai muri sul percepibile aroma di privilegio, quel misto di cuoio vecchio buon tabacco e migliori liquori tipico dell'ottusità maschile.

Nell'ombra rivide, improvviso, sé stesso ragazzo affermare: «I militari sono tutti di destra!», e suo nonno scuotere il capo: «I militari non sono di destra o di sinistra. Sono militari. Il che è peggio».

Il vicequestore aggiunto Aulo Rachis si era alzato, al suo ingresso, e gli aveva teso la mano.

«In quanto capitano della riserva, posso legalmente usufruire del Circolo, anche se le forze di Polizia, come lei certo sa, non rispondono al Ministero della Difesa, bensì a quello degli Interni».

«Il Viminale, già; sembra stia attraversando un momento non facile, in questi giorni» replicò Melis con una sfumatura di partecipazione ipocrita. Il cappio della scuola di bondage si stava stringendo intorno al collo di Blasco, il cui numero due nel partito era il numero due al Ministero.

«Beve qualcosa? No? Sono momenti difficili per tutti» riprese Rachis con fredda voce incolore. «E purtroppo, invece, mi pare che proprio in queste contingenze membri di istituzioni che dovrebbero essere imparziali, superiori, fedeli allo Stato, non alle varie forze politiche, si dimostrino sempre più apertamente e, aggiungo, avventatamente schierati». Lo fissava negli occhi, attento e imperturbato: «Lei non trova che i funzionari dello Stato non dovrebbero prestarsi a manovre più o meno lecite di guerriglia partitica?»

«Certo che sì» disse Melis, lo sguardo fisso sulle dita di Rachis che giocavano con l'anello chevalier d'oro infilato all'anulare della destra, «proprio come i governi non dovrebbero cercare di usare e asservire istituzioni di Stato. Governo e Stato devono essere entità separate. Ma io, per fortuna, sono solo un privato cittadino».

«E chi lo mette in dubbio?» flautò Rachis con un sorriso mellifluo e raggelante. «Ma è proprio certo che sia una fortuna?»

Anello: era questo l'altro nome del Noto servizio, l'oscuro clandestino apparato segreto parallelo che coinvolgeva fascisti funzionari di Stato e criminalità organizzata.

«Dottore, se ha qualcosa da dirmi, me lo dica ma non attraverso domande, per favore».

«Ah» considerò divertito Rachis, «come per gli ebrei della barzelletta».

«Prego?»

«Sì, purtroppo fra le tante colpe di Hitler c'è anche quella che ora non si possono più raccontare barzellette sugli ebrei, gli avari son tutti scozzesi, ma loro, gli ebrei, intendo, amano raccontarsele. Pretendono l'esclusiva, però: raccontate dagli altri, sono antisemitismo. Questa me la narrò un suo collega, un giornalista ebreo molto vicino al nostro presidente del Consiglio».

«Il premier» chiosò Melis, pensando a quanto Fiorenza detestasse questo provincialismo italico: in tutti i paesi di lingua inglese si diceva Prime Minister.

«Se preferisce, sì, il premier. Bene, ecco la storiella. Rossi chiede a Levi: ma è vero che voi ebrei a una domanda rispondete sempre con un'altra domanda? E Levi: chi te l'ha detto?»

Sorrise appena, le dita a cincischiare l'anello, senza distogliere gli occhi da quelli di Melis.

Che, con voce piatta e tranquilla: «Ecco, adesso basta con le allusioni: se ha qualcosa da dirmi, con tutto il rispetto per il suo ruolo, me lo dica».

Rachis congiunse a cuspide le punte delle dita davanti al naso ben cesellato.

«Sicché vuole scrivere su quella poveretta assassinata otto anni fa. Spero non sia giornalettismo alla OP».

Inquietante, notò Melis, il cenno a Mino Pecorelli, giornalista proprietario di OP, cioè l'«Osservatore Politico», un foglio usato come arma di ricatto. Assassinato alle 20:45 del 20 marzo 1979, nel centrale quartiere romano Prati, appena uscito dalla redazione della rivista. Un fatto di cronaca nera oscuro e cupo, così tipicamente italiano, così *nero*, del quale non si conoscevano né i mandanti né i responsabili. Chi aveva ucciso Mino Pecorelli? E perché? Mistero. L'unica cosa certa, quindici anni dopo, erano i quattro colpi di pistola.

«Perché dice questo? Chi ritiene ricattabile?»

Rachis ebbe una smorfia quasi simpatica:

«Ma figuriamoci, nessuno! Però lei ha riaperto vecchie ferite».

«Mi dispiace. Sinceramente. Ma una vita è stata spezzata». Lo fissò: «Posso chiederle che idea si è fatta in merito?»

«Le sembrerà strano: nessuna. Nessuna concreta, quanto meno. Sì, certo, come dice lei l'omicida è probabilmente di qui, però ai tempi nessuno fece ricerche nel paese d'origine della ragazza, che non era di qui. Aveva un fidanzato? Se sì, era geloso? E quanto? Non lo sappiamo e questo, ne converrà, vuol pur dire qualcosa. No, tutti a puntare sugli ortiliani e su Filippo Artuso, che per sua fortuna aveva un alibi. Debole, molto debole a mio parere, ma alibi. Se ho un candidato per il ruolo di killer? No, signor Mani, non ce l'ho».

Alzò la destra a palmo in fuori, impedendo a Melis di replicare.

«Lei è qui per documentarsi su un delitto a sfondo passionale e privato, o almeno così dice. Nessuno può impedirle di farlo, naturalmente. È però mio dovere avvisarla: le indagini condotte dal mio predecessore e dall'allora magistrato competente furono accurate nei limiti dell'umano, senza riguardi per nessuno, e non portarono a nulla. La sua presenza qui, in questo momento della vita nazionale, sta innervosendo diverse persone. Influenti. Ai tempi c'era Bratti: ora, se con la scusa di parlare degli ortiliani lei dovesse diffamare o anche soltanto buttare ombra su onorati cittadini che rivestono cariche pubbliche, o le cui aziende costituiscono un bene della comunità, una importante risorsa della città della regione e della nazione tutta, sappia – relata refero – che la reazione sarebbe durissima. E a tutto suo danno».

«Lei parla di reazioni legali, vero? Ma questo, dottor Rachis, è ovvio, già lo immagino».

«No, Mani: lei non immagina quanto».

Vi era stata una sfumatura ironica, in quel Mani? Le dita non giocavano più con l'anello.

Melis ripensò all'inchiesta del giudice Guido Salvini. «Non è che questi nuovi ortiliani sono vicini ai Krammerziani di Verona, o agli adepti di Ananda Marga?» Aveva citato apposta due organizzazioni a parere di molti legate al neonazismo esoterico. «E prima lei ha ritenuto di citare OP perché il suo direttore venne assassinato quindici anni fa, e non si sa ancora da chi?»

Si alzò.

«Bene, se non c'è altro...» e mentre si incamminava all'uscita:

«Sa, ho come l'impressione di averla già vista» scandì piano Rachis.

Melis si voltò, fissandolo bene negli occhi: «Sì, al ristorante, l'altra sera». E uscì.

Alta, slanciata, una vera pantera: del resto, era proprio nera. Sì, un tempo, neanche vent'anni prima, se sarìa detto senza problemi negra, che in italiano è sinonimo di nero e non ha nessuna sfumatura infamante, ma così andava il mondo, si disse Lelio Malighetti contemplando la stupenda africana nera di pelle, nera di abiti, nera di occhiali firmati e con una raffinatissima capigliatura a caschetto, nerissima e appena spruzzata d'argento.

«Quella è africana di Boston, credi a me» gli sussurrò Plinio Coghetto. Che poi, con il via vai che il Festival Musicale suscitava tutto l'anno, nulla di più probabile.

«Una volta i gh'aveva la sveglia al collo» borbottò il vecchio cameriere destreggiandosi in una spericolata gimcana fra i tavolini, il vassoio con il prosecchino del giornalista e l'Havana Zombie dell'architetto in equilibrio instabile, «e ora i vien qua a fare i paron. Belle gambe, però».

«Bello tutto, Toni: hai visto che seno?» lo incitò Malighetti.

«Due cupole gemelle bilanciate dalla stupenda abside delle natiche» sancì l'architetto. Un parere professionale.

«Non me faza parlar, dottore». E, servite anche olive e patatine, Toni si allontanò scuotendo il capo. Il buon caro vecchio mondo si ribaltava, questa xera la verità vera. Simie e banane. E sòrzi crepài, concluse, pensando al grosso ratto trovato in cortile, poco dopo l'alba. Ma ora, ora, co i leon de la Liga che i magna i teron, era finito el carnaval, per tuti 'sti musi pronti a far de ogni dì Nadal!

«Così è due giorni che non lo vedi» borbottò Coghetto. Il contrasto fra i due – l'orsetto vestito come un signorotto di campagna inglese e la faina stazzonata – era stridente. «So bene che come medico Strazza Pollastri è tenuto al segreto, ma sarebbe meglio che qualcuno dicesse a Moreno e a Eros di tenersi lontani dal paesello finché c'è questa piattola che gira».

«Ma non c'è pericolo, uno è a Tolone, l'altro a Brescia».

«Metti mai... Certo, non posso chiamarli io. Non saprei nemmeno dove telefonare».

La sua ex moglie sì? Lelio ingollò mezzo Prosecco.

«Vedo di farlo io, d'accordo. Ma già c'è questo casino a Roma...»

«Secondo te, come finisce?» chiese Coghetto, giocherellando col ciuffetto di menta che ornava il bicchiere.

«Male». Lo guardò: «Be', dipende per chi tieni».

Ai tempi del delitto, il medico legale era Ignazio Caniglia: da due anni in pensione, si era ritirato a godersi la vita nella casa di famiglia, a Taranto, e il mare nella villetta di Ginosa Marina. Sicché Melis aveva chiesto un incontro con il successore, il dirigente medico dottoressa Anna Bertani. Che però, no, non aveva mai avuto occasione di parlare del caso, né con Caniglia, che in meno di un giorno aveva effettuato un rapido passaggio di consegne («Sa, non c'è molto lavoro, in realtà, a Brassanigo, per un medico legale»), né con gli inquirenti. Mariastella Biason era un nome, l'ingombrante ombra di un delitto odioso. Odioso, s'intende, per la buona reputazione della città.

«Mi sa almeno dire se gli abiti della ragazza sono stati archiviati?»

«Ma questo dovrebbe chiederlo in Questura, signor Mani».

Eh, già: a Rachis.

«Io allora non vivevo nemmeno qui, sono di Ravenna. Posso dirle che, a parte il gruppo sanguigno identificato da quanto trovato sotto le unghie di quella povera ragazza, al tempo non si avevano i mezzi per procedere ad analisi che in parte già oggi si potrebbero fare. Ma i progressi in questo campo sono veloci, tra dieci anni le analisi sul patrimonio genetico saranno così evolute da ridurre le indagini a poco più che un'accurata raccolta di campioni organici».

«Mentre allora» Melis parlava per esperienza, «allora probabilmente non fu nemmeno accurata, la raccolta: saliva, sperma. Quei due capelli sulla gonna di Mariastella. Vennero analizzati, i capelli?»

«Non credo proprio, no. E perché, poi? Avrebbe potuto raccattarli dovunque, e tenga presente che la vicina di casa dei Dorigo era una vecchia zitella ottantenne».

«Però i capelli della vicina non vennero confrontati con quelli trovati sulla gonna».

«Non posso risponderle con sicurezza, ma credo proprio di no. A che scopo?».

«Le tracce di sperma vennero rilevate con la lampada di Wood?»

«Non occorreva: si vedevano chiaramente a occhio nudo. Era essiccato da poco. E se ricordo bene questo particolare, è perché appena arrivata qui un paramedico, ora morto, mi parlò a lungo del mai risolto delitto. Il fatto più importante del secolo, nell'assonnata storia di Brassanigo».

Anna Bertani lo guardava, gentile ma nulla più.

Sapevano entrambi che il tempo di essiccamento dello sperma è di pochi minuti.

Non restava molto da dire.

Lawns and creeks: pascoli e torrenti. E, benché scettico, niente da dire, bisognava ammettere che quell'inusuale insieme di costata di manzo e gamberi di fiume cotti alla piastra e spruzzati di lucide scaglie di sale grosso aveva un'inedita, eccitante bontà.

Lasciò Al Ziogo de l'ostrega: come gli aveva detto, Miss Parrish? «Destra, sinistra, destra. E non si perda! Come dite voi italiani: chi va con lo zoppo arriva in ritardo». Eccola, la chiesa di Sant'Anna, la vecchia chiesa romanica dove, sotto la direzione entusiasta di un anziano maestro, i giovani allievi della locale Academiuta Musicale suonavano il Te Deum di Charpentier con canne per innaffiare i giardini tagliate su lunghezze diverse e terminanti con un imbuto.

Si affacciò, prese qualche secondo per ambientare gli occhi alla penombra rischiarata dalle fiamme delle candele e tra il pubblico individuò la cloche color prugna di Miss Parrish e il basco senape di Vanda Gallavresi; vinto dalla musica, si fermò ad ascoltare – almeno quel brano, si disse, sino alla fine.

Bravi. Bravi. Peccato, però: il programma prometteva anche il Requiem di Mozart – *Quidquid latet apparebit...*: tutto ciò che è nascosto apparirà e nulla resterà impunito – ma era già tardi. Uscì. Ecco, via Malborghetto. In fondo, tra i palazzotti bianchi e grigi, si diramava una via angusta, sinuosa, di case più basse e più antiche, su cui si apriva, pochi passi più in là ma sembrava già un altro mondo, uno slargo chiuso da muri di rosso veneziano dilavato dal tempo, e il gran portone verde lasciava indovinare in quel silenzio quasi il profumo di un brolo segreto, e il gioco irregolare di volumi e di spazi di quel curioso palazzo. Una targa d'ottone recitava in caratteri neri: *Bibliotheca Tilliana – visitabile su prenotazione* senza nessun'altra indicazione, né di telefono né di orari.

Dall'atrio, ampio e non troppo illuminato, una giovane in giacca t-shirt e pantaloni neri gli sorrise.

Entrò. La sala, non grande, era piena a metà. Tutti nelle prime file, tranne una coppia di anziani signori seduti verso il fondo. Melis sedette dietro di loro. Da lì, certo, non poteva vedere in faccia quelli che Miss Parrish aveva definito «i maggiorenti» però credette di riconoscere la bianca onda a rasoio di Bepi Bernardi e i neri flutti di Miss Cozzolino.

Su un tavolino coperto da un drappo rosso accanto al tavolo dei relatori una scultura inquietante sembrava fissarlo. E lui ricambiando lo sguardo, si recitò, quasi senza rendersene conto, i versi di Dante: *e 'n su la punta della rossa lacca/l'infamia di Creti era distesa,/che fu concetta nella falsa vacca*. Veramente Dante diceva *rotta*, non *rossa*. Eppure, che altro poteva richiamare alla memoria, quella scultura, se non Asterione metà bestia umanata metà uomo bestiale teso in avanti nel bronzo, pronto allo stupro e allo scempio di giovane carne umana?

Potente, però. Chi era l'artista? Consultò l'invito: Comparin, il maestro Oscar Comparin. Di San Gurzone, Polesine. Classe 1921. E quel suo bronzo era il premio, il massimo riconoscimento della manifestazione *Libro è libertà*. Che quell'anno toccava a un testo sulle biblioteche dei Domini di Terra della Serenissima, menzione su pergamena, e – pergamena e scultura del maestro Comparin – al celebre editore d'arte Camillo Passaquindici per l'edizione critica del medievale *Libro Verde* del vescovo astigiano Baldracco Malabayla, con preziosa edizione anastatica dello stesso. Così, pensò Melis, tanto per dimostrare che Nord-Est e Nord-Ovest lo stesso cuor li unisce. Serrati a una Lega.

«Venghino, venghino, più gente entra e più bestie si vedono» ghignò a mezza voce un vecchio dal naso a rostro, un parrocchetto grigio dall'aria a un tempo innocua e malevola, mentre al tavolo delle autorità al benvenuto dell'Assessore alla Cultura Monica Tognin – quella della Sibilla Cubana, si disse Melis, che poi chissà quanto gliene fregava, a quella, di libri e di libertà – subentravano i saluti della sua omologa di Asti.

Prese poi la parola Francesco Maria Trocco, presidente, noto cattedratico, gloria locale.

«Noi oggi qui onoriamo il libro, pagina e pagus, minuscola Wunderkammer di pensieri che ci fanno intelligenti» esordì Trocco, la cui voce ricordava un disco graffiato.

Un pubblico composto e blasé, anche se non troppo elegante, dove tutti, tranne Melis e l'astigiana, conoscevano tutti. L'autore dello studio sulle biblioteche era giovane, rossiccio di pelo, barba corta e occhio strabico. Passaquindici aveva un volto veramente sgradevole: un cranio ovale, una calvizie da androide. Gli ricordava un manichino senza parrucca, solo che i manichini non hanno bocche altrettanto repulsive, un taglio sottile aperto sotto il naso. Il completo nero gli dava il tocco finale.

«... il libro condensa dunque l'immagine di un pensiero, il quale, una volta introiettato in un testo, questo pensiero, o questo libro, si configurano come una epifania del possibile...»

«Sì, la Befana» commentò a mezza voce il parrocchetto seduto davanti a Melis. «Tutti abbiamo i nostri alti e bassi. Ma Trocco ha solo i bassi».

«E poi ci si chiede perché l'università italiana va a puttane» ridacchiò sottovoce il suo vicino, che sarebbe stato perfetto per interpretare a teatro il topo di città.

«Nel caso di Trocco» corresse il pappagallino, «a marchette».

Passaquindici guardava fisso davanti a sé, come il compagno Ciu En Lai nel corso delle riunioni presiedute dal compagno Lin Piao, ai tempi ormai lontani della Banda dei Quattro.

«Ma quanto è possibile in potenza, non è già, per ciò stesso, in atto?» si chiese con enfasi l'oratore.

«Chiediamolo a Mike Bongiorno» cocoricò il parrocchetto, facendosi aria con l'invito. «Comunque» si chinò verso l'amico topo di città, «se l'università italiana è nella merda, l'editoria gioca sulla riva della cloaca massima con secchiello e letame».

Un compito applauso salutò la conclusione del professor Trocco: peccato, pensò Melis, per quel suo vizio d'ascoltare le malignità altrui non avrebbe mai saputo se la potenza è atto. Né era sicuro che lo stesso Trocco fosse poi in grado di illuminarlo in merito. Il quale Trocco prese ora a magnificare la figura di Camillo Passaquindici, «monumentale colosso dell'editoria italiana». Il pubblico ebbe un moto di deferente attenzione, ma si poteva sentir stormire la fronda...

«Grande editor degli editor d'Omero» mormorò il topo.

«Baldracco... sarà per questo che Camillo lo ha pubblicato» congetturò il pappagallino, studiando il pieghevole pubblicitario dell'anastatica, «per la suggestione del nome. Le edizioni d'arte Camillo Passaquindici di solito van per trifola... trifola d'arte, certo».

Sul palco, intanto, un altro personaggio, forse un inglese visto che parlava in inglese, ma poi chissà, stava vantando «the Passaquindici art of making beautiful books available to everyone».

Bah, pensò Melis, proprio everyone non si poteva dire, escluso il sobrio *Libro Verde* di Baldracco «la mala balia»: per possedere un esemplare della sontuosa copia di erbario medievale legato in velluto porporino che faceva bella mostra di sé su un leggio all'ingresso, privati o enti pubblici dovevano adeguarsi a sborsare al signor Passaquindici qualcosa come dieci milioni di lire...

«Posso dire subito» esordì il colossale monumento, «che invidio molto chi è editore di saggistica, e per di più editore di nicchia?» e così dicendo si volse con un sorriso velenoso verso l'occhio buono dell'autore del saggio sulle biblioteche. «L'invidio in quanto può rispondere, a ogni nuovo Joyce che invia il proprio dattiloscritto, con la frase di rito: "Purtroppo noi non pubblichiamo narrativa". Io, invece, che oltre a pubblicare fac-simili d'eccelsa qualità ho anche una fortunata collana di narrativa, travolto dagli aspiranti autori, ho elaborato una risposta standard: "Caro signore, lei ha preso l'indirizzo sbagliato: legga, non scriva"». Il parterre ridacchiò. «Naturalmente si danno casi...»

Sarà pur vero, ruminò Melis, che, com'era spiegato nella *brochure*, realizzare il perfetto duplicato dell'erbario quattrocentesco aveva impegnato studiosi tecnici e maestranze per quattro anni, ogni pagina stampata con l'ausilio delle più avanzate tecnologie e nuovi processi d'avanguardia per la stesura delle parti in oro zecchino, però, concluse Melis, dieci milioni son sempre dieci milioni...

«Lo ha pubblicato perché glielo ha pagato tutto la Cassa Agricola dell'Astigiano» bisbigliò tre posti più in là un uomo assolutamente identico a un'orata, persino nelle sfumature di grigio del completo di sartoria, ma dall'accento gianduiotto che le orate di solito non hanno. «Ogni copia venduta, ogni premio, tutto grasso che cola...»

«Il fatto è» disse con accento spiccatamente astigiano la sua vicina, una donna di mezza età in pelliccia di rat musqué, «che riesce a spacciare per operazioni culturali pure operazioni di mercato». Si guardò intorno, rattristata: «E poi, pensi che quando i Savoia lo portarono a Torino, lo fecero rilegare in pelle rossa, il *Libro Verde* della città di Asti». Scosse la testa: «Non è saggezza politica, questa; non è saggezza politica».

«Per concludere» scandì con voce metallica Passaquindici, «non amo la campagna, il punto e virgola, gli scrittori che denunciano e quelli che si prendono sul serio, la panna montata, tanto in cucina quanto in letteratura, le persone che non collezionano nulla, coloro per i quali l'ateismo è una religione, gli individui orribili che ti chiedono di riassumere il tuo ultimo romanzo...»

«Lui sì che si prende con autoironia» sibilò il parrocchetto.

«...il nichilismo e, sopra ogni altra cosa, l'assenza di stile. Io» proclamò, «credo ai marziani, non all'uomo; credo nell'arte, non negli artisti».

L'applauso, unanime, colse di sorpresa soltanto Melis.

Poi, dopo tanta pirotecnia, si alzò, a maggior gloria di San Marco, lo studioso di biblioteche.

«Sarò cauto: tutte le volte che si tenta di definire il concetto di biblioteca, pubblica o privata, ci si trova di fronte a un problema vasto. E poiché ogni problema presenta una struttura e una genesi, si ha da fissare caratterizzazioni per delimitare il problema infinito della conoscenza e l'utilizzo che di tale conoscenza si vuole operare per il tramite dei depositi librari in generale, e bibliografici in particolare. Una biblioteca si pone, infatti, come un sistema speculativo chiuso che...»

«Che almeno i bagni siano aperti. E vasti almeno quanto il problema» bisbigliò il parrocchetto.

Melis si sfilò guadagnando l'uscita. Non era servito a nulla, andar lì, se non a distrarsi. Sarebbe rincasato facendo una lunga passeggiata nella Brassanigo by night. Cioè, nel deserto, come ebbe a constatare dopo pochi passi. Tutto era silenzio. Nessun segno di vita. Eppure erano appena le dieci, non l'ora terrifica quando i morti passano nel fondo della notte, là dove l'oscurità non è oscura né la morte è morta. In ogni caso, si disse, Brassanigo non era Whitechapel: non doveva attraversare le peripezie della notte e della paura. Anche se la notte appartiene alla morte. Al sogno. E, assicura Esiodo, a vecchiaia contesa discordia sciagura dolore e inganno.

Da via Malborghetto sbucò in un tratto selciato e coperto, Sottoportico Maleviste. Si orientò. A est scorreva il Goravizza che un tempo in quel tratto proteggeva le vecchie mura. Poteva contare, dai fari, le auto che correvano sull'altro argine. Tre in un minuto. Chi erano? Giovani? Dove andavano? In discoteca. All'andata. Al ritorno, qualcuno magari in canàl. La mia morosa la va alla fonte, e io invece nel canàl. Il Goravizza a est, ora lui avrebbe dovuto svoltare a ovest per tornare verso casa di Miss Parrish.

Chi muore di morte violenta l'ultimo dell'anno, è condannato a guidare per un anno intero il carro dell'oltretomba che corre il mondo a raccogliere le anime dei defunti, oppure a essere il Guardiano del Cimitero. Glielo aveva raccontato Fiorenza, tanti anni prima.

Un vicolo, quasi un passaggio coperto, sulla sinistra, Buio. Non una luce. Buio come lo Stige. Buio come la notte più buia. E in quel buio un assassino avrebbe potuto attendere, o scantonare non visto. In pieno giorno, otto anni prima, l'antica belva era uscita da medievali foreste azzannando alla gola l'ipocrita, sonnacchiosa provincia. Poi, era tornata alla tenebra.

Come può, chi ha conosciuto la morte, tornare tra i vivi?

Si lasciò alle spalle quel vicolo buio, restando in vista di canale.

Mariastella Biason era stata inumata nel cimitero del suo paesello. Stroncata da mano assassina, per sempre, nella sua giovinezza. Era là, sotto terra. Aveva ricordi? E il suo assassino? Perché, se i vivi vivono, i morti non muoiono. Certo, lei non poteva, forse, sentire l'avvicendarsi della stagioni, là, oltre la terra che la copriva: il sole, il silenzio, l'acqua chiara, l'ombra del tiglio e le gemme di primavera, turgide come labbra al bacio. Lei era là sotto, nella terra grassa, oltre il confine. Di là dal mistero. Nel cimitero del paesello.

E lui? Lui a quale frontiera si trovava? Quella della coscienza, dove talvolta la legge si scontra con la giustizia?

Sulla sinistra, una stradina meno buia del vicolo. La imboccò.

Forse, si disse, avrebbe dovuto andarci, al paesello. Mariastella Biason era davvero morta, per il suo assassino? L'ipotesi dell'innamorato geloso che la raggiunge a Brassanigo era poco credibile, ma non del tutto inverosimile. O forse avrebbe dovuto studiare meglio la topografia locale. Ecco, era troppo a nord, era uscito su piazza delle Erbe. Ecco il caduceo luminoso della farmacia Cledis, fornita anche di prodotti omeopatici. Di fianco, sotto l'insegna *Ammazzare il tempo* una vetrina, ora vuota e ben protetta da una grata, sfoggiava di giorno costosi orologi di gran marca. Curioso come fosse piccolo, alla fin fine, il centro storico: dalla cinta di mura alla piazza, tagliando per quella stradina il percorso era davvero breve. Rapido da compiere, se di buon passo. E ancor più rapido se... Costeggiò la piazza: ecco dove sbucava il vicolo senza luce, buio come lo Stige. Si inoltrò di alcuni passi, tenendo alto il fiammifero. No, nessuna finestra occhieggiava da quei muri. Già. Era ancor più rapido da compiere, se di buon passo, quel budello oscuro. E senza il rischio di impiccioni alla finestra.

La visione del tutto compressa in istante è, in un certo qual modo, capace di uccidere.

Transit Eros in Eris.

Perché, sì, in realtà lui aveva già tasselli sui quali stava costruendo un'ipotesi. Vaga, anche se non poi troppo vaga. Ma un'ipotesi. Doveva leggere il taccuino di Malighetti. Quella borsa: blu.

Cosa aveva pensato, lasciando il giardino di Bratti? La morte abita la terra: vedo ovunque l'ombra della sua mano. Sì, certo: ma, anche, a quante sfumature di verde ci fossero, in quel giardino. Dal grigio argenteo al nero, svariando nel blu.

Brassanigo, giovedì 17 novembre 1994

Le chiese non avevano ancora cominciato a scampanare che – «Ogni bel gioco ha l'oro in bocca» avrebbe fatto dire agli italiani Miss Parrish – Bepi Bernardi, direttore della «Voce di Brassanigo», era già pronto per passare velocemente dal letto di casa al letto del fiume.

«Una vita di pratica, questo ci vuole per esser pronti così rapidamente ad andare a pesca» si disse, fiero di sé. Che poi, ogni pesce è una lenza, aggiunse, compiaciuto per l'arguzia del doppio senso. Ma era vero, ogni specie era una tecnica diversa e ogni singolo pesce una storia a sé, ciascuno con il suo carattere e le sue astuzie, sicché ogni partita era diversa, proprio come ogni battaglia, e ora – si disse il Bepi, che come il suo idolo Indro era appassionato cultore di storia – ora dovevi essere tecnico e intuitivo come Roemer a Mollwitz, ora capace di spregiare ogni regola da manuale come Seidliz a Rossbach.

Caricò lenze, stivali di gomma «e quant'altro» sulla Suzuki SJ80 verde militare e fece rotta verso una lanca del Goravizza che conoscevano in pochi. Di giovedì, poi: san Leone Magno, d'accordo, il papa che aveva fermato Attila, che l'alba spuntava quasi alle sette, e il tramonto arrivava che non eran nemmeno le cinque, e in cielo vedevi ancora il primo quarto di luna fiorito nella notte, chi volevi ci fosse, quel plumbeo giovedì, sulle rive del Goravizza? E avrebbe anche fatto in tempo a presenziare alla messa grande dopo il vespero, perché a Leone Magno era dedicata una cappella del Duomo, terza a sinistra, la prima a lato dell'altar maggiore, con grande tela del Bison – «bela bela bela» belava sempre don Giustino, ammirando Sua Santità in sella a una chinea così bianca che più bianca, ma neanche con quel detersivo col perlinato stabilizzato, no, non perlinato, perborato, qualunque cosa fosse il perborato stabilizzato.

Ecco, arrivato. Parcheggiò nel fango che sgrigiolava di brina. Scese e – can dal porco! anche qui! – vide subito la plastica, un sacco bello grosso, buttato fra i canneti. Calzò gli stivali, prese il bastone uncinato che lo scortava fedele in quelle spedizioni, arpionò il sacco. Móna melampa, se resisteva! Era bello pieno. Ma eran più d'uno, i sacchi. Ecco, forse quello, ecco, quel sacchetto, sì, quello si sollevava. Si sollevava, sì. E... e... e non era un sacchetto: era un braccio umano.

Chi? Il Polesel? Sì, proprio lui, il Polesel. Quell'imbriagòn? Sì, sì, lo aveva garantito l'assistente capo Carità, del locale commissariato, avvisato telefonicamente dal Bepi.

«Lo sgagio ga trovà lo spolpo» commentò ironica una voce.

Il Bepi aveva subito dopo, o prima secondo i più cinici, provveduto a telefonare a Lelio: edizione straordinaria, titoloni. E foto, certo: e foto.

«Sarà stato spolpo, ma un tempo aveva insegnato».

«Sì, e palpà el cul a le putéle».

«Ma el sarà crepà per un colpo, no? El beveva più di un turco!»

«I turchi i fuma, móna! Chi beve sono i furlani!»

«Anche noi non si scherza».

Intanto, il Polesel era morto. E il Bepi aveva scattato alcune foto, perché sgagio, in fondo, lo era, e nel cruscotto della Suzuki teneva sempre una Instamatic Kodak. E adesso Malighetti, al tavolo della redazione, palesemente seccato, aveva quel rompiscatole di Nereo Mani alle spalle, che le fissava intento, le foto.

«Ecco, sparisci per due giorni e poi qui come un avvoltoio, quando vengo comodo. Comunque» gli disse, «secondo il medico, così, a una prima occhiata, è colpo apoplettico».

«E questo rovina la festa, vero?»

«Ostia, Nereo, non fare il moralista, proprio tu, poi, che giri intorno a quella povera morta come un avvoltoio!»

«Ce l'hai con gli avvoltoi, oggi. Posso?» e scelta una foto Nereo Mani, al secolo Norberto Melis, prese a studiarla attentamente. «Il medico legale ha già proceduto all'autopsia?» chiese infine.

«No, ma credo che la farà nel pomeriggio. Perché?»

«Al tempo del delitto Biason il professor Polesel era già diventato un relitto umano?»

«Ma no. Era... oh, capisco. Ma no, sono certo che a quell'ora fosse in cattedra. Mio figlio più grande era suo alunno. Sì, sì, aveva lezione: mi spiace, hai sbagliato teoria».

Bene. Giusto così.

«E adesso, te ne vuoi andare?»

Dalle finestre della redazione si vedeva benissimo il capannello di persone davanti al bar dall'altro lato della piazza parlare animatamente fra un Prosecco e un mattiniero grappino. Melis distinse per un istante, uno solo, una spazzola fulva. Pel di Carota?

«Devi scrivere il pezzo per l'edizione straordinaria, no? Posso suggerirti uno scoop?»

Malighetti lo squadrò sospettoso: «E in cambio?»

«Il piacere di saperti in debito. Ascolta, devi soltanto porre ai lettori due domande».

«Due domande? E quali?»

«La prima è come mai un vecchio ubriacone marginale si trova morto ben fuori città, fra i canneti in riva al fiume e le sue scarpe non hanno traccia di fango». Indicò la foto: si vedevano chiaramente le suole, infangate soltanto sui tacchi ma non su pianta e punte. Lelio la studiò, poco convinto:

«Be', nell'acqua...» borbottò, poi guardò Melis con un nuovo stupito rispetto dipinto in volto.

«E la seconda?»

«Prima dammi quel tuo taccuino, devo controllare due o tre cose».

Malighetti restò sospeso: «Lo consulti qui, adesso, E si è detto fifty fifty...»

«E ti sto anche dando uno scoop».

Lo stazzonato Lelio aprì un cassetto della scrivania, frugò, trasse il taccuino e glielo porse.

«Guarda le foto: Polesel è in camicia, a novembre. Chiedi ai tuoi lettori» disse Melis afferrando il quadernetto, «se la giacca a vento Northern Path di quel modello color grigionerorosso che Polesel indossava nei giorni scorsi non ricorda loro qualcosa».

Malighetti aggrottò la fronte, poi, illuminandosi: «Cioè tu pensi...»

L'uscio si spalancò.

«Non ha ancora capito che quest'uomo lavora per me? Se ne vada!»

Il labbro inferiore di Bernardi era scosso da un tremito.

Melis fu lieto di andarsene. Con il taccuino in tasca.

«Che cos'ha, dottoressa? Non si sente bene?»

Lelio Malighetti era, quando voleva, buon osservatore e buon untore.

«Eh, cos'ho... sono caduta e mi sono incrinata il coccige. Un ossicino incrinato, e un male cane. Proprio lì, poi... sapesse, sedersi!»

E proprio ora, con un morto ammazzato!

«Mi spiace: l'inutile residuo della nostra coda...»

E lei, pronta: «La mia coda doveva essere più prominente di altre, visto il male, il che significa, sommato agli occhi azzurri e alla mia tendenza a ingrassare anche solo bevendo acqua (chiari segni di un retaggio neandertaliano), che in me permangono elementi ancestrali più che nella maggior parte delle persone, perciò evidentemente sono meno evoluta». Sorrise puntuta: «Però, magari, se mi lasciano senza auto e senza cellulare in un territorio brullo e selvaggio, posso cavarmela in qualche modo meglio di tanti altri. Lei però non è qui per il mio coccige ma per sapere come sta il morto, giusto?»

«Be'» abbozzò Malighetti in contropiede, «il morto sta morto, no?»

«Sì, certo. Appunto».

«Però c'è morto e morto».

A queste parole la dottoressa Anna Bertani, medico legale, scrutò con occhio attento il cronista.

«Vede, dottoressa, ho notato che le suole del Polesel...»

«Oh, pataca! Già son qui imbriaga di lavoro come una chioccia, mi manca solo il piccolo Sherlock Holmes! Senta, Malighetti, io sono tenuta al segreto professionale!»

«Mettiamola così: sbaglierei a pensare che è morto altrove, e che dopo essere morto qualcuno lo ha portato lì? Lasciandogli addosso la sola camicia?»

«Mettiamola così, Malighetti: lei lo pensi pure, basta che non dica che l'ha pensato qui con me. E guai a lei se solo accenna al fatto che la botta in testa che lo ha stordito, ben visibile una volta che si è lavato il corpo, ha causato la frattura trasversale della rocca per estensione dal basioccipite con esito mortale: immediatamente mortale».

«Chiarissimo. Non vogliamo bere qualcosa?»

«No». E con un sorriso l'Artemide dell'obitorio gliela diede buca una volta di più.

E così, il suo arrivo a Brassanigo aveva scatenato la reazione dell'assassino. Sì, perché a questo punto era evidente che la Northern Path indossata da Eugenio Polesel era *quella* Northern Path, la Northern Path indossata dall'uomo misterioso intravisto da Vanda Gallavresi. E quell'uomo non poteva essere Filippo Artuso, per il semplice fatto che Artuso era molto più alto di Polesel, superava il metro e ottanta, e quella giacca a lui sarebbe andata stretta ma, soprattutto, perché Artuso non si trovava a Brassanigo ma a New York. Inoltre, non risultavano né parenti né affetti, in città, ai quali avesse potuto lasciare la propria giacca a vento. Che addosso a Polesel sarebbe sembrata comunque molto più fuori taglia, mentre Melis, quella sera, in quella piazzetta, non aveva avuto l'impressione che l'ex insegnante indossasse un indumento così troppo grande. Una, due taglie, forse, non più.

No, no: l'assassino era un altro, e non si era mai mosso da lì. In quegli otto anni ogni giorno era uscito di casa, si era recato al lavoro, poi al bar per l'aperitivo, aveva camminato sereno lungo le vie della cittadina, aveva condotto una vita normalissima, mai nemmeno sfiorato dal sospetto. Era, chissà quante volte, passato sotto le finestre della casa dove aveva reciso una vita innocente.

Melis sfogliò il taccuino di Lelio, rileggendolo con attenzione in due diversi punti.

Ma ora... ora, forse preso dal panico, aveva commesso il classico errore da eccesso di prudenza. Perché liberarsene, altrimenti? Di per sé, non avrebbe mai potuto costituire una prova.

Ma doveva averla comprata a Milano, la giacca a vento, o a Roma o fuori Italia, l'assassino, per poterla indossare nel febbraio 1986. Oppure averla ricevuta in regalo. Five Zeta! Lui sì che girava il mondo e indossava quegli abiti. Certo, era in Nepal in quel periodo, ma...

Miss Parrish fu così gentile da rintracciarlo nel suo buen retiro. Era cortese, ma evidentemente un po' seccato che lo si sfrucugliasse lì. La conversazione fu breve. No, non aveva mai comprato o indossato un anorak di quella marca. Tantomeno regalato. E a chi, poi?

Pensa, Melis, pensa. Eros... Moreno... No, per via della taglia. Ma, sì, un particolare. Un particolare gli tornò alla mente. Tornò a sfogliare il taccuino. Era giovedì, giovedì primo pomeriggio. Forse...

Sì, il centralino dell'Università di Trento gli passò l'interno del dottor Venier.

«Ancora lei! Le ho detto...»

«Aspetti: chi ha ucciso Mariastella ha ucciso un uomo, ieri».

Un silenzio sospeso. Poi, con voce irriconoscibile: «Se mi sta chiedendo un alibi...»

«No, no: una sola domanda e, la prego, mi risponda».

Silenzio.

Formulò la domanda.

E dall'altro capo del filo, stupito: «No, certo che no: Mariastella portava abitualmente il reggiseno».

Lo studio medico era in Palazzo Mafetti Minnelli, via della Gambarola, insieme ad alcuni privati, nonché a Peruke&Periwig, impianti tricologici, e allo Studio commercialista Benamati&Cattafesta.

Tutto, in quel palazzo che aggettava su una piazzetta, diceva la solidità del conto in banca. Messa al minimo la suoneria del telefonino, nella sala d'attesa Melis ebbe modo di contemplare le antiche incisioni in scure cornici di noce illuminate da faretti a scomparsa, le piante in vaso, il divano e le poltrone di design: dove il morbido grigio di ciò che era moderno si adattava perfettamente al legno delle cornici e al verde delle piante. Riconobbe, oltre i vetri, il bar d'angolo dove era entrato con Polesel.

Una bassa libreria reggeva coppe e foto con un giovane in tenuta da judoka.

Una porta si aprì alle sue spalle: «Il signor Mani?»

Il dottor Danilo Sparapan era come nelle foto, tre dita più alto di Melis, atletico, tratti del volto un filo asimmetrici e legnosi, pelle lentigginosa di chi, da fulvo, è ormai passato a castano, mani robuste. E occhi castani ma freddi. E non indossava il judogi ma un camice, anch'esso bianco.

«Mi deve scusare, ma senza appuntamento la mia segretaria ha potuto trovarle soltanto questo buco a fine giornata». Lo guardò fisso. «D'altronde, lei non vive qui, vero?»

«Capisco bene, dottore. Del resto quasi mi vergogno, è davvero una sciocchezza. Oggi a pranzo dal Cerigoto, un bàcaro, ho mangiato due sardoni e mi dev'essere rimasta una lisca in gola. Niente di che, ma mi dà molto fastidio».

«Ora vediamo» disse il medico facendolo entrare in ambulatorio.

«Pratica arti marziali, vedo. Ama anche il rugby, dottor Sparapan?»

Il sorriso del medico, gelido enigma: «Diciamo che non pratico sport di squadra. Karate e judo, sì: ma pratico anche taijiquán e yoga. E lei, invece, cosa pratica?»

«Oh, io... Sì, judo fino a qualche anno fa, e ancora adesso equitazione».

Il medico si disinfettò accuratamente le mani. «Oltre ai soliti sport di un bravo borghese, immagino: tennis, sci... Perché lei è di solida famiglia borghese, vero?»

«Non lo so» rispose calmo Melis. «Perché me lo chiede?»

L'occhio di Sparapan lo sondò senza pudore. Ora l'uomo calzava aderenti, sottili guanti di lattice.

«Si sieda, prego».

«È necessario?»

Sparapan ebbe un fugace sorriso. «Lei è appena più basso di me, è scomodo e inutile esaminarla stando in piedi. Si sieda».

Melis si accomodò sulla poltrona reclinabile, del tipo da dentista, come da dentisti era la lampada che Sparapan gli sparò in faccia.

Ora Melis era completamente abbagliato.

«Se la luce le dà fastidio, può chiudere gli occhi» suggerì l'indistinto fantasma bianco che lo sovrastava. «L'importante è che apra bene la bocca». E si chinò su di lui poggiando la destra sulla sua spalla sinistra. «Ecco, così».

Una presa lieve ma ferrea.

"Sarà mancino?" si chiese Melis aprendo la bocca. In realtà era lui a sentirsi come uno con la testa nella bocca del leone.

La luce lo accecava. Con la testa arrovesciata, gli occhi verso il soffitto, poteva intravedere appena il volto di Danilo Sparapan sempre più vicino alla sua bocca, alla sua gola. Non poteva vedere né controllare quelle mani inguantate di lattice, pallide come spettri, pallide come la morte. Vedeva solo la luce accecante contro il soffitto bianco. Usano il bisturi, gli otorinolaringoiatri? Sudava. Una frase, letta in chissà quale romanzo gotico, affiorò alla memoria: «Neppure la morte mi sarebbe parsa tanto inquietante quanto quell'araldo di un regno al di là della morte, un regno al di là della ragione, un regno, e questa era la cosa più terribile, al di là della misericordia e del perdono».

«Perché è così nervoso?» La voce di Sparapan, strisciante come un serpente, fredda come un serpente. «Non vedo niente, signor Mani. Non vedo assolutamente nulla, nella sua gola».

Sparapan si era raddrizzato, e aveva spento la lampada.

«Nulla?»

«Nulla».

«Forse perché ho mangiato della mollica di pane» giustificò lui, sgusciando fra poltrona e medico per rimettersi in posizione eretta.

«Forse. Però è strano, perché non vi è nemmeno un arrossamento nella sua gola». Quegli occhi lo studiavano, freddi, con superiore disprezzo. «Lei ha una gola sanissima, se la tenga cara».

Melis aveva riacquistato equilibrio. Ma la bocca era arida.

«Quanto le devo?»

«Nulla».

«Ma, dottore...»

«Nulla. Lei non mi deve nulla».

Il sorriso era, se possibile, ancor più glaciale dello sguardo.

Due bambini già obesi caragnavano, mano alla nonna, perché di lì a dieci giorni volevano vedere *Il re leone*: «Papà lo ha promesso!»

I chiattoni animati, avrebbe commentato l'impareggiabile telecronista napoletano, pensò Melis. Curioso come i bambini si modifichino da una stagione all'altra. Li saluti a giugno, tredicenni nani grassocci come Pollicino, e te li ritrovi a settembre, lame di ferro da un metro e ottanta. Per il resto, nelle due piazze, quella di Cesare e quella di Cristo, Brassanigo non parlava d'altro che della morte di Polesel. Ai tavolini dei bar, in capannelli all'impiedi, lungo la via dello struscio, tutti a chiedersi se, come, perché. E Polesel, l'anziano professor Eugenio Polesel, forse *eu genos*, nato bene, ma sicuramente morto molto male, precipitato anni prima dalla nobiltà della cattedra all'infamia della più odiosa perversione sessuale, tornava per una volta a occupare le conversazioni e i pensieri della buona onesta produttiva sana borghesia cittadina. Che, in tutti i suoi principali rappresentanti - coccodrilli e trampolieri, pavoni e istrici, musicanti e alchimisti, contadini e mercatanti, leoni e lenoni, aquile e serpi - traboccava eccitata dai bar nelle piazze. No, non poteva essersi suicidato.

«Suicidato! E perché, poi?»

«Ma perché è lui che uccise quella ragazza, otto anni fa!»

«Ma certo, si sentiva braccato. Non sa che la polizia ha riaperto il caso?»

«E si è suicidato con una botta alla nuca?»

«Eh, i pervertiti, questo e altro».

Poche occhiate squadravano sospette Melis, l'estraneo, il foresto, l'intruso arrivato lì a rimestare il passato. Ma, insomma, per i più era uno sconosciuto. Non esimio, forse, ma sconosciuto.

E invece lui era così eccitato dall'essere sulla pista che non soltanto l'aria gli sembrava frizzantina, ma per rinnovare la scorta di tabacco e fiammiferi era risalito apposta sino a piazza delle Erbe solo per dare alla tabaccaia, sempre incagliata su quella definizione - «Le hanno tutte e cinque!» - la più semplice delle soluzioni. Aveva pagato e infilandosi in tasca il pacchetto: «Aiuole» le aveva detto. «Aiuole: hanno tutte e cinque le vocali» uscendo seguito dallo sguardo sconcertato della donna. Poi, rapido, si era portato in piazza del Duomo. Aveva controllato l'indirizzo, il palazzo era proprio al di là della piazza, lungo corso Venezia. E proprio in quello stesso istante vide che l'avvocato Giacomo Antelmi Barbaran stava venendo a piedi nella sua direzione, verso la piazza, E pazienza, gli avrebbe parlato lì in strada.

«Avvocato, permette?»

«Sì, prego?»

La naturale cortesia dell'uomo – il volto, levigato da secoli di matrimoni d'interesse, era un florido ovale sotto la lobbia blu marina – era venata di perplessità. Chi è costui?, si stava chiedendo.

«Non ci conosciamo, mi chiamo Mani, Nereo Mani. Sarei venuto in studio ma...»

«Venga domani mattina. Mi dispiace: ora davvero non posso. Ho anche un inizio di mal di gola».

«Ma è urgente, è grave, forse».

Per un istante l'avvocato, che sovrastava Melis di tutta la testa, si fermò incerto. Poi – il fastidio non traspariva, ma per chiunque li stesse guardando, e la strada era piena di gente, doveva risultare evidente che quel piccolo forestiero intrigante stesse pressando l'avvocato con richieste sgradite – alzò un braccio, fra barriera e saluto.

«Venga domani» disse a voce alta. «Domani mattina parleremo di tutto, al mal di gola piacendo». E se ne andò fra la folla.

Cena rapida al Cerigoto. Uscì che diluviava. Nelle piazze, in ogni punto strategico e riparato, erano magicamente comparsi aggraziati esili giovani scuri di pelle che a poco prezzo offrivano ombrellini: ne acquistò uno blu elettrico, poi, sotto quel precario riparo, saltellò verso casa Parrish: *Once upon a time there were four little Rabbits...*

Brassanigo e Milano, venerdì 18 novembre 1994

L'articolo, firmato da Lelio Malighetti, prendeva tutto il taglio alto della prima pagina: *Tragica morte di Giacomo Antelmi Barbaran* strillava senza reticenze il titolo. E poi:

Un solo colpo di pistola, sparato da distanza molto ravvicinata. Probabilmente puntando la canna dell'arma in bocca. Così ieri sera, fra le 21:00 e le 22:00, si sarebbe suicidato il nostro concittadino, avvocato civilista noto e stimato in tutta la Regione, anche se il pm Erika Calafiore, coadiuvata dal vicequestore Aulo Rachis, ha aperto un fascicolo per omicidio. Il magistrato non ha ancora richiesto al gip Gennaro Lo Bianco di applicare misure cautelari. Anzi, la dottoressa Calafiore precisa che questa ipotesi di reato è solo tecnica, resa necessaria per compiere gli esami autoptici sul cadavere. Esami che questa stessa mattina verranno effettuati dal medico legale dottoressa Anna Bertani. E i riscontri a quanto pare lascerebbero pochi dubbi. La pistola, una piccola Webley 6.35 a sei colpi di proprietà dell'avvocato, giaceva a terra, sotto il braccio destro rilasciato. Gli inquirenti escludono la rapina, poiché nessuno ha toccato portafoglio, orologio Rolex e anello gentilizio. Né i cassetti né la cassaforte risultano forzati. Non resta dunque che l'ipotesi del suicidio. Ma perché?
Un primo esame autoptico ha evidenziato sul cadavere solo due fori: uno di entrata nel retropalato, come farebbero pensare due denti incisivi rotti dallo sparo, l'altro, di uscita, nella nuca. L'ogiva del proiettile, identica a quelle dei proiettili rimasti nella pistola dell'avvocato Antelmi Barbaran, era infatti conficcata nel muro alle spalle del cadavere: «Un colpo esploso dal basso verso l'alto» spiega il vicequestore Rachis che coordina le indagini affidate alla Sezione Omicidi, «fa pensare trattarsi di un suicidio». Tuttavia, anche un

omicidio può avvenire con le stesse modalità e perciò gli inquirenti non ne escludono in questi primi momenti l'ipotesi, peraltro poco probabile.

All'interno, interviste alla moglie (che alle 22:00, non vedendo rincasare il marito e non ottenendo risposta al cellulare, si era recata in studio «trovandosi di fronte all'atroce realtà») e ai dipendenti dello studio legale, i quali, dichiarato che i faldoni delle varie pratiche erano integri, avallavano l'idea che l'avvocato Giacomo Antelmi Barbaran non avesse alcun motivo per togliersi la vita. E allora?

"Se soltanto non lo avessi incontrato per strada" si disse Melis, scorrendo ancora l'articolo firmato da Malighetti.

Miss Parrish lo fissava.

«Pensa che sia io l'assassino?» le chiese.

«No, certo che no: lei ieri sera è stato al Cerigoto dalle otto e mezza alle nove e un quarto, e poi è tornato dritto qui».

«Ma lei è Miss Marple!»

«C'è poco da scherzare. Due omicidi nella stessa settimana. La polizia la vorrà sentire. Vanda mi ha detto di averla vista in piazza del Popolo con l'avvocato che i Mori battevan le otto».

I Mori era l'orologio comunale. Ma era vero, Rachis lo avrebbe torchiato con vivo piacere. Doveva pensare in fretta, e pensò.

«Ascolti, ieri sera mi ha detto che una sua cara amica, a Trieste, sta poco bene, e le ha chiesto di andarla a trovare, ma lei si fa degli scrupoli nei miei confronti. Bene, le telefoni, le dica che va. Mi dia un'ora di tempo, partiamo con la mia auto, lei mi lascia in stazione, va a Trieste e lascia la Punto in un parcheggio pubblico».

Lei lo considerò per un lungo minuto, poi:

«No, lei non è un assassino. Ma non è nemmeno chi dice di essere, vero? No, no: non voglio sapere nulla di più. Preparo il mio trolley».

«E se qualcuno mi cerca, dica che sono uscito».

Fuori la pioggia cadeva fitta.

Per fortuna lui aveva tutto chiaro in testa.

Chiamò Malighetti sul cellulare.

«Mi confermi che dalla pistola è stato sparato un solo colpo? Sì? Bene, allora...»

«No, no, non farmi perder tempo».

«Ascoltami: vuoi uno scoop?»

Malighetti tacque, poi, lentamente: «Saresti in grado di darmelo?»

«Sì: ascoltami bene».

Un quarto d'ora dopo, il cellulare squillò.

«Sacranón, Nereo, ma come facevi a saperlo?»

La voce di Lelio suonava febbrile. Melis sorrise fra sé, stringendo forte la mattonella.

«Visto? Raccontami».

«Ho seguito il tuo consiglio, sono andato da un poliziotto mio confidente e ho detto: "E adesso che sapete che l'avvocato non ha sparato, cosa farete?" Dovevi vederlo: ha spalancato gli occhi, ha sbottato "E tu...?" poi si è ripreso e mi ha buttato fuori. Ma è evidente: il guanto di paraffina ha dimostrato che Barbaran non ha sparato. E dunque qualcun altro lo ha ucciso. Ma tu come hai fatto a capirlo? Comunque, adesso sì che è un giallo».

«E il processo a Milano?»

«Ah, già, avevi ragione anche su quello: la sua segretaria mi ha confermato che nell'autunno del 1985 era spesso a Milano per seguire la causa sull'amministrazione controllata dei beni di un grosso industriale coinvolto in un grande processo alla mafia e poi assolto. Ma questo cosa c'entra?»

«Ascoltami» Melis parlava in fretta perché adesso sapeva, sapeva senza prove ma con certezza. «A questo punto gli uomini della scientifica hanno prelevato le impronte digitali, ma se non è già scattata la caccia all'uomo, se non han già proceduto a un arresto, vuol dire che dagli archivi della polizia non emerge alcuna corrispondenza. Quell'uomo o ha sparato indossando guanti o non è mai stato arrestato, non è mai stato segnalato. Quell'uomo, Lelio, è uno di voi». E lui sapeva chi. «È lo stesso che ha ucciso Polesel e, otto anni fa, la povera Mariastella Biason».

«Ma per sparare in bocca a uno né legato né drogato bisogna essere almeno in due! Barbaran era un pezzo d'uomo!»

«Non sempre. Può farlo anche un uomo solo, senza che la vittima se ne accorga. Chi? Pensaci. E un'altra cosa: i ragazzi crescono in fretta, all'improvviso» e riattaccò.

«Miss Parrish» disse prima di chiudersi in camera, «le chiedo di nuovo di dire una bugia per me: se qualcuno telefona o suona alla porta, sono uscito e non sa per dove».

«This goes against every istinct I have!»

«Per chiunque, grazie».

Poi, ai tasti della piccola Olivetti, si mise a scrivere.

Prima, una breve lettera in triplice copia, in tre buste distinte indirizzate al vicequestore aggiunto Aulo Rachis, al pm Erika Calafiore e al gip Gennaro Lo Bianco:

Chi può sparare in bocca a un uomo senza insospettirlo? Un medico che gli controlli la gola. Barbaran è stato ucciso dal dottor Danilo Sparapan, perché questi temeva che stesse per demolire il suo alibi di otto anni fa: Sparapan uccise Mariastella Biason. E anche Polesel, il quale pochi giorni fa aveva trovato la giacca a vento che Sparapan, allora quattordicenne ma già alto circa un metro e settantacinque, indossava quella mattina del 6 febbraio. Riesaminate i due capelli bianchi trovati sulla gonna della Biason: non sono capelli.

Contemplò soddisfatto testo e buste. Che non avrebbe spedito certo da Brassanigo. Ma se soltanto non fossero intervenute improbabili pressioni, sarebbe bastato poco per far crollare Sparapan. Che, chissà, forse era stato così sicuro di sé da lasciare impronte sulla pistola di Barbaran, dopo averlo convinto in qualche modo, e di lui l'avvocato non aveva ragione di diffidare, a fargliela vedere prima di visitarlo per la gola arrossata.

Poi, scrisse in duplice copia a Sua Eccellenza: espose i fatti, riassunse gli alibi, spiegò come avesse trovato la falla. Rinviò all'articolo di Lelio, riferì della triplice lettera spedita agli inquirenti. Era tutto. Se fosse stato ancora un primo dirigente della Polizia di Stato (di Stato, non di governo né tantomeno di un singolo ministro), no che non sarebbe stato tutto; invece, come libera lancia di un funzionario di Stato, sì.

Rilesse il cuore del messaggio:

La professoressa Gallavresi, allora sessantaduenne, è miope e porta gli occhiali: quel giorno faceva freddo, e lei aveva appena acquistato un cartoccio di caldarroste che avevano appannato le lenti. Questo è detto molto chiaramente nella sua deposizione: lei vide solo un uomo – e da lontano le fu difficile stabilirne la statura – con una giacca a vento Northern Path come quella di Filippo Artuso. Il quale allora non poteva sapere che Anita Paronetto, madre di Danilo Sparapan, prima di Natale era andata a Milano con l'avvocato Barbaran, che ai tempi l'assisteva, e là ne aveva acquistata una identica per il figlio. Naturalmente, dopo l'omicidio, la tennero ben nascosta, e forse nemmeno la tirarono fuori più tardi, quando ormai nessuno vi avrebbe fatto più caso: ma evidentemente non se ne liberarono mai, in questi otto anni. Forse, chissà, temevano, se la si fosse trovata, di rivangare l'interesse per l'omicidio. La madre, che ha mentito anche sul ritorno a casa del figlio con le medicine, anticipandolo di pochi ma decisivi minuti, è dunque a tutti gli effetti sua complice. Sparapan sapeva che adesso in città un ficcanaso stava rivangando sull'omicidio Biason: invece di tenere la giacca a vento nascosta in casa, irrazionalmente ha preferito disfarsene buttandola nell'immondizia. Ma i frati di San Clemente l'hanno raccolta e donata a Eugenio Polesel. Gli parlai due sere prima che venisse ritrovato cadavere. E non aveva più addosso quella giacca a vento, allorché venne trovato lungo il Goravizza due giorni dopo il colloquio che avevo avuto con lui. Dalla finestra del suo studio medico Sparapan ci ha visti insieme, ha capito che ero interessato alla giacca. Sparapan ha praticato arti marziali. Ha ucciso Polesel chissà dove con un colpo di karate, poi, caricato il cadavere in auto, lo ha portato in quella conca del fiume trascinandolo per le ascelle: ecco perché le scarpe di Polesel erano sporche di fango solamente sui tacchi. Un esame sugli pneumatici e sulle scarpe di Sparapan dovrebbe rilevare fango identico a quello del canneto, anche se ciò non può costituire indizio forense. Perché il cadavere di Polesel era in camicia, a novembre? Perché Sparapan, una volta ucciso, gli ha tolto la giacca. E dov'è, ora, quella giacca? Non lo so. Forse l'avrà bruciata. Forse l'avrà nascosta. Forse si troverà e potrà essere analizzata, perché il mondo è imperfetto e per nostra fortuna anche i farabutti e gli psicopatici compiono errori.

Otto anni fa, però, obietterà qualcuno, Danilo non aveva ancora compiuto quindici anni. Sì, era un quattordicenne, sì, ma atletico, sportivo, alto oltre un metro e settanta per sessantadue chili di soli e ben allenati muscoli. E, pare, dopo la morte del padre, con una personalità anafettiva. Mariastella Biason, invece, era alta un metro e cinquantotto per quaranta chili di peso.

E i graffi inferti da Mariastella? Possibile che nessuno li abbia notati? Ma tutti, tutti mi han detto che Danilo aveva le mani sempre graffiate dai gatti. Se il giorno dell'omicidio fosse andato a scuola e poi alla riunione degli ortiliani con quei graffi sulle mani, chi mai ci avrebbe fatto caso? E Vanda Gallavresi, che per sua ammissione non distingue le sfumature fra certi colori, parlò di una sacca blu che il misterioso uomo in giacca a vento aveva a tracolla: proprio la sacca sportiva verde scuro che Danilo portava sempre con sé in palestra.

Non escludo che in quella sacca abbia portato con sé il mai ritrovato reggiseno di Mariastella. Forse una perquisizione accurata potrebbe recuperarlo, e sarebbe la prova schiacciante.

Infine, sulla gonna della povera Mariastella Biason furono rinvenuti due lunghi capelli bianchi, temo mai archiviati fra i reperti. Se invece sì, sarebbe sufficiente esaminarli al microscopio per scoprire sulla cuticola un peculiare disegno a spine triangolari. Negli esseri umani lo strato esterno dello scapo è a scaglie piatte, simili a tegole. Le scaglie a spina triangolare sono tipiche dei gatti. Come l'angora bianco di casa Sparapan, che all'epoca era già un adulto dal pelo molto lungo. La soprano Toti Cattadori regalò due cuccioli, fratelli fra loro, uno a Danilo uno a Vanda Gallavresi; allego un campione di pelo preso dal gatto della Gallavresi. Ignoro però se sia possibile un esame genetico. Ma la gatta degli Sparapan è ancora lì, viva e vegeta.

Bastava? Sì, bastava. Duplice copia, duplice busta.

Buttò i vestiti nella sacca da viaggio. No, non aveva dimenticato nulla.

Miss Parrish era pronta.

«Guidi lei» le disse, e le mise in testa il trilby color ruggine. «Con questo souvenir».

«Oh, Italians, what a gallant people».

Lei aveva già serrato gli scuri: spiando fra le listelle Melis non vide nessuno in strada, tuttavia... Per fortuna il cancello del giardino era elettrico, la Punto con alla guida Miss Parrish camuffata con il cappello di Melis svoltò nel senso unico: avvolto nella sua sciarpa contro i freddi invernali, Ganesh li proteggeva? No: lui, dallo specchietto retrovisore, fece in tempo a vedere Pel di Carota schizzare da sotto il portico chiamando a braccia una Golf nera.

Appena passato il primo incrocio del viale, controllò: sì, erano a una ventina di metri.

«Passi quel giallo» ordinò, e Miss Parrish, senza fare domande, superò l'incrocio a tavoletta.

«Ci seguono?» chiese, un poco turbata un poco divertita.

«Lei non rischia nulla» la rassicurò lui. «E, davvero, grazie di tutto».

«My pleasure» assicurò lei.

La stazione era a duecento metri sulla destra.

«Scendo qui» e profittando di un furgone in seconda fila sgusciò fuori. «Appena fuori città si tolga il cappello».

«Don't waste time. Mi scriva» disse lei ripartendo. Lui aprì l'ombrello e, nascosto dietro le auto parcheggiate, vide passare la Golf con Pel di Carota e al volante un tipo atticciato.

In stazione poca gente. Prese un biglietto per Gorizia: il treno, un locale al binario 3, stava quasi per partire. Salì al volo sull'ultimo vagone guardandosi indietro. Nessuno. Percorse lentamente tutti i pochi vagoni. Nulla di sospetto. Sedette di fronte a due giovani magrebini che scesero due stazioni dopo, sostituiti da una placida anziana coppia. Infine, anche Melis smontò, lui solo in tutto il treno, se ne accertò, non a Gorizia ma nel paese del Collio dove la famiglia di Fiorenza aveva posseduto terreni. In qualche suo modo misterioso, Fiorenza vegliava ancora su di lui, lo aiutava e, chissà, forse lo proteggeva.

In stazione depositò la sacca da viaggio, spedì le tre buste per Rachis Calafiore e Lo Bianco e quella per Sua Eccellenza, indirizzata al falso nome di ragionier Rubimarga presso la casa editrice romana, poi uscì – lì la pioggia era quasi cessata – e a piedi raggiunse di buon passo piazza Giuseppe Verdi, dove si apriva il portone del secentesco palazzo gentilizio in cui aveva dimora il notaio Stafuzza, il notaio di Fiorenza De Giorgi e, prima, della sua famiglia.

L'atrio chiaro, con le due grandi anfore romane. La vecchia fantesca. La calma routine notarile della provincia.

«Melis!» Ormai nonagenario ma lucidissimo, calvo come il Vate ma del Vate assai più simpatico, il notaio capì tutto al volo e non fece domande. Scadute quarantott'ore, in una busta intestata del suo studio avrebbe spedito la busta chiusa che il «caro Melis» gli aveva appena consegnato all'indirizzo romano «qui soprascritto».

Non ci fu modo né ragione di evitare il pranzo in casa del notaio: gnocchi di susina («Come ella sa, da noi nel goriziano viene considerato un primo mentre per i cugini triestini chissà perché è un dolce») e un gran tagliere di affettati: San Daniele, Sauris e, «se le piace» Peta della Val Cellina; «suggerisco di bere Terrano del Carso, rosso, frizzante, asprigno, o, se vuole un bianco, un Tocai di buon corpo».

«Veramente, vino a pranzo...» obiettò Melis.

«No mi stia a dir 'sti sbrisi, i me fa tristezza!» protestò Stafuzza. «Per dolce, mousse di cachi. Senza panna, l'età ha i suoi duri decreti».

Melis bevve un solo bicchiere. Di Terrano.

«Non insisto, avrà i suoi buoni motivi per non volere altro vino» disse il notaio Stafuzza, che ebbe la delicatezza di non rivangare ricordi, per Melis dolorosi. La conversazione virò sulla crisi politica e sul brutto momento che attraversava il Paese. «Che, però, ne ha attraversati già tanti». Per quanto, convenne scuotendo il capo il vecchio gentiluomo, la deriva antropologica non lasciava sperare: quel «Sì!» gridato come belve al vecchio De Martino dai senatori della destra, l'omosessuale regista cattolico Scespirelli schierato nel ruolo di fascio da combattimento, puzzavano tanto di Ventennio.

«Mah, caro Melis, per fortuna ho novantun anni: l'olio di ricino mi farebbe solo bene».

Si salutarono calorosamente. Sapevano entrambi che era l'ultima volta.

Tornò in stazione, fece il biglietto, ritirò la sacca, prese il treno per Mestre e a Mestre un treno per Milano. L'hard bop di *Blue Train* sferragliava nella memoria. Pensò che sin dall'inizio aveva accettato quell'incarico non per scagionare Filippo Artuso a ogni costo, bensì per consegnare un assassino alla giustizia: forse i morti hanno pace comunque, si disse, forse ormai sono altrove, indifferenti al passato e alle offese subite, indifferenti al sole e alla pioggia, a inverno e primavera, all'amore che sboccia, e sfiorisce, e troppo presto muore, indifferenti alla bellezza del mondo e alle brutture dell'uomo, ma noi no, noi vivi no, noi dobbiamo punire la colpa per vivere nella certezza del diritto. Scese a Brescia. Per precauzione. Mai troppo prudente. Da lì, in pullman, a piazza Castello, a Milano. Milano annunciata dagli aerei, luci di posizione sospese nel vibrare dell'aria, in attesa di atterrare a Linate. Linate, un non luogo come tanti altri. Non come Venezia, irreale ma vera, anche se le ombre, lì, aveva scritto qualcuno, eran di vino e si bevevano. Bere la propria ombra. Bersi la vita. Era, in fondo, quello che avrebbe voluto fare. Era stanco, e fra l'odore di nafta dei pullman prese un taxi.

«Corso Sempione angolo via Prina».

Pagò, scese.

Sì, una sera da jazz, musica libera e ribelle. Ormai era notte. Il portone, già chiuso. Frugò la tasca, a cercare le chiavi.

«Dottor Melis?»

Si voltò d'istinto.

Il colpo di pistola frantumò l'universo.

Indice

Ma cos'è questo nulla?